深圳往右 天堂向左

慕容雪村 著

九州出版社 JIUZHOUPRESS | 全国百佳图书出版单位

图书在版编目（CIP）数据

天堂向左，深圳往右 / 慕容雪村著．—北京：九州出版社，2013.12

ISBN 978-7-5108-2517-0

Ⅰ．①天… Ⅱ．①慕… Ⅲ．①长篇小说—中国—当代 Ⅳ．①I247.5

中国版本图书馆 CIP 数据核字（2013）第 298557 号

天堂向左，深圳往右

作　　者　慕容雪村 著
出版发行　九州出版社
出 版 人　黄宪华
地　　址　北京市西城区阜外大街甲 35 号（100037）
发行电话　（010）68992190/3/5/6
网　　址　www.jiuzhoupress.com
电子信箱　jiuzhou@jiuzhoupress.com
印　　刷　北京慧美印刷有限公司
开　　本　880 毫米 ×1230 毫米　32 开
印　　张　8.25
字　　数　163 千字
版　　次　2014 年 3 月第 1 版
印　　次　2014 年 7 月第 3 次印刷
书　　号　ISBN 978-7-5108-2517-0
定　　价　32.80 元

真正的文明实质上是一种精神秩序，因而其准则并非物质财富，而是精神洞见。

——C. 道森

死亡不是无知，而是不表态。

从长天大厦到太子山庄，开车五十分钟，坐公车一个小时，走路要走半天，肖然喝了半斤五粮液后，在这条路上走完了一生。

开加长货车的香港司机蹲在路边瑟瑟发抖，交警询问时，他指着肖然的防弹奔驰口吐白沫，下巴咯咯抖动，一句话都说不出来。几个记者围着那堆豪华的废铁咔嚓咔嚓地拍照，闪光灯下，肖然满身鲜血，双眼圆睁，一只手握着方向盘，另一只手奇异地勾在胸前，胳膊上有一排殷红如血的牙印。

天亮时现场清理得干干净净，车被拖走，血迹洗净，肖然的尸体静静地躺在太平间里，死灰色的脸上没有任何表情。清晨的阳光下，人们步履匆匆地走过一条条街道，一面低头看表，一面大口咬嚼刚买来的包子。

这就是深圳，八点钟的深圳，危险而华美的城市，一只倒覆之碗，一朵毒蛇缠身的花。

没有人知道肖然死去：这个时候，刘元还在睡觉；陈启明穿着围裙在厨房里煎鸡蛋；陆可儿蓬头垢面地往脚上涂兰蔻指甲油；卫媛拉开紫色的窗帘，对着后海伸了个懒腰，然后开始随着音乐跳健美操；在千里之外的鞍山，韩灵犹犹豫豫地走出家门，总感觉自己忘了点什么，却怎么也想不起来。

死者的容颜即将被遗忘，活着的人笑逐颜开，大步向前。而无论你行善还是为恶，富有还是贫穷，你都将走向那个终点：鲜血涂地、尸骨无存，或为脓血，或为飞灰。

那个死者不是别人，正是我们自己。

一

肖然赚的第一个五千元充满了罪恶感。他那时在雅诗轻兰公司做采购员，雅诗轻兰是一家肥皂公司，生产一些号称能减肥、能丰乳，还能治痔疮的神奇香皂，每天都在电视上神吹一气，广泛地欺骗全国劳动人民。他们老板叫牛乔，体重足有三百斤，人送外号“肉牛”。每次去夜总会玩，肉牛总要关照妈咪：“要个波霸要个波霸。”然后再咂咂两片紫黑色的牛唇，口水都似要滴下来。波霸的需求缘于供应不足，肉牛不止一次向朋友诉苦，说他老婆既没前又没后，简直就是条人干，刷上层亮漆就能当镜子用。所以肖然对他们的丰乳产品满怀忧虑。那是 1992 年，深圳就像一个迅速膨胀的大面包，每天都有数不清的公司成立，每天都有数不清的人怀揣梦想、拿着边防证涌进这个南海边的小渔村。一夜暴富的传奇随风飘扬，公车上经常能听到这样的对话，一个破衣烂衫的家伙说：“我明天有一船货到蛇口码头，你要多少？”另一个同样破衣烂衫的家伙一脸不屑：“做贸易？那不是糟蹋钱吗？我刚在宝安圈了十几亩地，做房地产才能赚大钱，兄弟！”

和所有无根无底的打工仔一样，肖然眼看着钞票哗哗地从身边淌过，却只能靠一点可怜的薪水勒腰扎脖地过日子。雅诗轻兰是出了名的鸡贼公司，每月只给他一千三百元，这在当时的深圳也就是刚刚够花。肖然每月往家里寄两百，给正在读大学的女朋友寄一百，房租三百五，吃饭四百，公交车一百，买牙膏香皂什么的再用去一百多，一到月底就开始心慌，就怕老板趁夜跳墙而去，那就要挨饿了。

那时的深圳像一个巨大的施工现场，砖瓦满地，泥灰飞扬，天气热得像发酵的烂草，随便嗅一鼻子都是臭烘烘的味道。肖然住在蛇口蓝园，一个喧嚣杂乱、拥挤而闷热的家。楼道里挂着各种颜色的裤衩胸罩，耳边响着全国各地的土语方言，一到晚上，烟尘四起，人声鼎沸，整栋楼都好像要飘起来。肖然的左侧住着四个湖南来的小伙子，有一天晚上不知因为什么起了内讧，先是互相问候对方的母系祖先，接着就是噼噼啪啪的武斗。武斗过后，其中一名选手轰然撞开房门，穿着内裤绝尘而去；另一个头顶门框，鼻血淋漓，望着那个白花花的裸体大骂湖南“三字经”。右侧的房间里住着两个身份可疑的年轻女郎，每天晚上都把脸涂得万紫千红，穿得破绽百出，扭腰摆臀地走过肖然门前，然后消失在深圳繁华的夜色中。

肖然后来一度很怀念蓝园的生活，那种喧嚣混乱、充满了动荡与不安的生涯，什么事都有可能发生，什么人物都可能出现，就像一出自发上演的、没有编剧、没有导演的电影。你是旁观者，但你随时有可能成为主角。

1992年的肖然还是个童男子。他女朋友叫韩灵，比他低两届。20世纪90年代初的大学爱情比后来要纯真得多，避孕套基本派不上用场，肖然对韩灵的“违法”行为也仅限于拉手、拥抱和亲嘴。毕业前夜，他奋起色胆，一把将她的白色T恤衫从牛仔裤中拽出来，手野蛮地伸进去，击退了韩灵的挣扎和推拒，顽强地向上爬行。两分钟后，那只不安分的手又试图向下做更深入的探索，正闭着眼哼哼的韩灵一下子清醒过来，柳眉倒竖，杏眼圆睁，樱桃小嘴大张，在他胳膊上重重地啃了一口。两个月后，肖然向韩灵抱怨道：“我身上只有三个伤疤，其中一个就是你的功劳。”另外两个，一是肚脐，一是手上的割伤，那是他小时候打架留下的，缝了三针。韩灵听完这话后，在电话里响亮地亲了他一下，然后笑着说：“你活该！强奸犯。”

深圳是一个激情充溢的城市，同时也充满了失落感。一个人的时候，“强奸犯”肖然经常会想起那年的午夜游行。那事是他们宿舍的范越惹出来的，他踢球时打碎了保安室的玻璃，几个保安蹿出来骂娘，范越也是个文学青年，用莎士比亚式的语言回了两句嘴，大意是“令尊的衣柜里藏着一匹母马，你奶奶的靴子里开满了鲜花”之类。保安们骂之不过，转而诉诸武力，满校园追杀坏分子，范越速度快，东拐西绕地逃回了宿舍，气还没喘匀，五六个家伙踹门而入，一句话不说就开始动手，砸碎了镜子，踢翻了桌子，打得范越满头是血。为这事学校几乎翻了个底朝天，肖然他们贴了大字报，组织了示威游行，举着火把在校园里唱了一夜《国际歌》。就在礼堂门前，肖然发表了他一生中最著名的演讲，他头缠白布，声嘶力竭地喝问："谁捍卫我们的尊严？谁保卫我们的自由？"模样像个要剖腹自杀的日本浪人。现在想想真是可笑，是啊，白衣如雪，激情万丈，但有什么用呢，又不能当饭吃。生存的经验足以证明：尊严和自由并不是最重要的，每月能不能按时领到一千三百块，这才是生活的关键。韩灵上个月打电话来，含蓄地表达了对一件风衣的爱慕之情，那风衣价值两百七十八元，"小米买了一件，可好看啦。"韩灵是东北人，从小就会发嗔耍嗲扮娇娇。肖然捏着干瘪的钱包，嘴里一个劲地发苦，像咬破了自己的苦胆，还得硬起头皮假装温柔："那就去买吧，我马上给你寄钱。"韩灵奸计得逞，心情大快，跟他投诉了半天伙食质量和公寓科的变态大爷，直投诉到华灯齐绽放，月上柳梢头。

每次给韩灵打电话，他都会不顾羞耻地吹上一通，"我又加薪啦"，或者"昨天跟我们老板一起吃海鲜，他亲口说要提拔我"，事实上他进雅诗轻兰一年了，薪水没涨过一分钱，公司的采购部经理是老板的亲侄儿，就算肖然长俩脑袋，也断然爬不到这个位置。有什么办法呢，这是深圳，你有钱，可以为钱自豪；没有钱但有未来，可以为未来自豪；又没钱又没未来，只能假装自豪。

上周六陪牛侄儿到宝安看了几家纸品厂，这周刚上班，他就收到了十四页传真，光信达印刷厂一家就发了十页，这个猪窝一样的破作坊把自己吹得地下绝无、天上仅有，悠久的历史能一直追溯到宣统年间，财力雄厚得连李嘉诚都自叹命苦。此猪窝的老板姓卫，一个獐头鼠目的潮州人，送肖然和牛云峰出门时，他故意落在后面，趁牛云峰不注意，轻轻拉了拉肖然的衣角，飞快地比了个“6”的手势。肖然笑笑，望着牛侄儿肥硕的屁股,面不改色地大步前行。即使做采购工作的时间不长，他也明白卫老板的意思:从他这里进的货，有百分之六的回扣。

任何时候采购工作都是一件肥差,那时候流传着一个段子，把各种职业分了三六九等，其中有一句说的就是采购员：三等人，干采购，白吃白喝拿回扣。地位仅次于人民公仆和“扭扭屁股就赚钱”的明星。前些日子公司辞退了一个叫张志刚的采购员，此人前脚刚迈出大门，牛云峰就召集人员开会声讨他的罪行，声色俱厉地号召大家敬业爱岗，多奉献，少索取，万万不可偷鸡摸狗，“吃回扣的，一律开除！”说得唾沫横飞，脸瘪得像被谁揍了一拳。下班后肖然跟公司的刘会计聊起这事，说张志刚看着挺老实的，没想到这么大胆。刘会计长叹一声，说这家伙才精呢，这三年他至少捞了十五六万，还没落下什么把柄。说得肖然一愣，想起自己每月干巴巴的一千三百大元，心里一阵失落，感觉像丢了个钱包。

从那以后他就多了个心眼，谁的单他都要瞄上一眼，只要觉着价格有问题，就偷偷记下来，再一一打电话到厂里去核实。这么干了一个月，他就发现采购部的七个员工，除了他自己，没有一个屁股上是干净的，连牛云峰都算上。牛侄儿半个月前买了两台压膜机，一台一万九千八百元，根据肖然的估算，他至少从中黑了一万块——人家厂里的标价才一万六，而根据采购的惯例，这价格至少可以压下来百分之二十。

这种发现让他豁然开朗。这周一上班，牛侄儿就催着他要包装盒的订单，按照公司规定，一份采购订单至少要有三家供应商的比价。他思忖了半天，拿出订单，一笔一画地填写：宝安信达：零点六五元；港厦九原：零点五八五元；蛇口联兴：零点六零五元。写的时候想起了信达厂卫老板鬼头鬼脑的模样，心里无端地有点失落，不过很快就释然了：与钱比起来，清白又算什么东西呢？其实肖然很清楚，同样规格质量的包装盒，在东莞的天富厂做，只要四毛八，不过肉牛老板两周前刚跟天富厂吵过架，吵到最后，肉牛捏着裤裆发誓："丢你老母！以后你的货白给老子，老子都不要！"天富厂的老板乃是吉林省四平府人氏，也是江湖上出了名的狠人，闻此言勃然大怒，施一招举火烧天式，满嘴白沫地发狠："丢你姥姥！你出十倍的价钱，老子都不卖给你！"那时候的商人都很重视气节，很有点战国时重义轻利的传统，这种情况在几年后才有所变化。

2001年肖然在圣弗兰克赌船上玩富豪百家乐，旁边有个温州的公仆赢了七百多万，狂喜之余忘了自己几斤几两，牛哄哄地向周围的人大派筹码，此事一度传为笑谈，人人不齿，只有肖然笑嘻嘻地拿起了那堆筹码，还向公仆鞠了一躬，说："谢谢老板，能不能再给点儿？我今天手气不好。"

如果说成功的商人都是天赋异禀的动物，那么肖然从一开始就表现出了这种天赋。填完订单后，他咬着嘴唇想了一下，没有像往常一样立刻找牛云峰签字，而是把它塞进了抽屉。直到四天后，牛云峰很不耐烦地问他："那个包装盒的订单还没做好？你怎么搞的？要是误了工期……你还想不想干了？！"肖然憋了一口气，脸刷地红了，翻腾了半天，从抽屉里拿出那张薄薄的A4纸，像个老实孩子一样低头认罪，说："经理对不起对不起。"话没说完，眼泪都像要滚出来。牛云峰用鼻孔表示了一下他的权威，提笔画了押，然后用常德普通话训斥肖然："你！立刻传给信达厂！真要误了生产，小心你的奖金！"

那是肖然到雅诗轻兰一年来最大的一张单，十五万个包装盒，合计价款八万四千元，交货时间：马上；付款期限：货到后一周内；制单：肖然；审核：牛云峰；总经理审批：牛乔。

1992年8月27日，空气中弥漫着一股发酵烂草的臭味，肖然站在一张巨大的宣传画旁边，摸着裤袋里鼓鼓囊囊的五千元回扣，财大气粗地告诉韩灵："我又加薪啦！我给你寄了五百元，够不够？"几个人踢踢踏踏地从旁边走过，他侧身让了一下，对着话筒小声地说："我喜欢你穿风衣……还有，我爱你……"

打完电话后，肖然付钱上楼，不到两分钟又走了下来，对看电话的老头儿说："大爷，你刚才找错钱了，少给了我一块钱。"

二

我可以请你吃饭，但不能借给你钱，因为我不知道以后还能不能看到你。

千万别求我给你找工作，我的工作都是自己找的。是的，你是我的朋友，所以你可以在我这儿住几天。

这是深圳的原则。在火车站长椅上辗转难眠的，在人才大市场拥挤的人群中汗流满面的，在午夜的草坪上忍受蚊虫叮咬的，在罗湖、福田、南山、蛇口的工厂里头晕眼花、牙龈出血、月经失调的，不管你学历高低，不管你现在坐奔驰还是开宝马，你肯定都说过这两句话，或者说在嘴上，或者说在心里。

刘元刚到深圳时，裤衩里缝了两千元，两个上衣口袋各装了五百元，在1991年来到深圳的大学生中，他绝对算是个富翁。不过这个富翁在深圳待了四个月就破产了，整个1991年，他基本上处于失业状态，只在一家公司短暂地干过不到一个月，收入不到九百元。1992年新年钟声敲响时，这个富翁正躲在蔡屋围一家低档旅馆里，看着破破烂烂的床单，越想越伤心，抱着脑袋就开始号啕大哭。

深圳那夜特别黑，街上没有车，没有行人，连路灯都不正常，闪闪灭灭的，像荒山墓园里阴森的磷火。刘元的哭声混合着香港那边的鞭炮声和欢呼声，在冰冷的深圳夜空久久回荡，像一曲婚宴上的丧歌。

十年之后，刘元穿着一套深灰色的范思哲西装出现在电视屏幕上，说起当年的艰苦历程，他眼圈一下子红了。“你相信吗，”他对漂亮的女主持人说，“我那天只吃了一包华丰方便面，身上只剩下七块钱。”

那七块钱刘元花了四天。最小的酥皮面包都要卖五毛钱一个，他一顿吃一个，然后就拼命地灌凉水，喝得肚子里哐当作响。旅馆老板娘每晚都在外面炒菜，又炖鸡又炖鱼，香味四散，刘元头顶着门框，感觉胃里像着了火一样，不停地抽搐，恨不能出去一刀把他们宰了，然后抢过鸡鱼来大吃一通。就这么熬了七十多个小时，第四天起床时整个人都在发抖，眼前金星闪，肚里钟鼓鸣，要不是东莞的三叔来得及时，他估计就要活活饿死了。

肖然和刘元是同班同学，毕业后又一起来到深圳，但两个人关系并不好。在肖然看来，刘元的苦难完全是咎由自取，活该。他一直都不喜欢刘元，认为刘元太奸、太会算计，也太有侵略性。那年的保安打人事件，整个学校闹得沸反盈天，所有人都站在队列里挥舞拳头，只有刘元不为所动，冷冷地看着他们窜进窜出，眉头皱得像一头大蒜。后来连公安局都介入了，在最紧张的几天里，肖然趴在床上装病，嘴里半真半假地不停哼哼着；陈启明一页页地写检查，他老爹闻讯赶来，差点打断了他的狗腿；只有刘元，像个没事人一样躺在床上看书，然后写了满满四页纸的入党申请书，还在宿舍里背诵鲁迅的名言："游行是不足取的。你们……太幼稚。"为了这句话，肖然不知骂了多少句娘，有一天趁他不在，几个人越说越气，肖某人一时没压住火气，抓起他的饭盒就扔到了窗外。刘元回来后发现吃饭的家伙没了，心知有鬼，不过势单力薄，也只能隐忍不发。真正交恶是大三下学期，韩灵来他们宿舍聚餐，刘元借着酒劲，不停地抨击肖然，说他睡前不刷牙，脱下的袜子能砸核桃，至少说了二十遍"肖然这个农民"，说得这个农民一声怒吼，一肘将邓辉的脸盆捣了个对穿，要不是陈启明死死地拉着，204室那天说不定就要搞出人命。作为那场战争的真正原因和关键力量，韩灵的态度十分暧昧，先拉一下肖然，肖然哼了一声，再拉一下刘元，刘元艰难一笑，转头就狰狞起来，恶狠狠地瞪着肖然，恨不能生吃了他。在他们中间，身材矮小的陈启明满面通红，奋力地撑开双手，嘴角源源不断地冒着白沫，像一瓶生气的啤酒。

韩灵和刘元都是鞍山人，韩灵入学时，刘元扛着她的大包小包，从火车站一直走到学校，累得大汗淋漓。那时候还没有飘柔海飞丝什么的，刘元斥近百元巨资帮她买了青苹果洗发香波、中华牙膏、北京针织一厂的毛巾，还有一套小兔子图案的睡衣，就差没买卫生巾和内裤了。韩灵感激得无以言表、五体筛糠，立马就认了刘元当干哥哥，还非要请他去门口的川菜馆吃饭，“哥你能喝酒不？晚上咱俩喝两杯。”

喝醉了意味着什么？

第二天醒来头疼。开车可能会被拘留。会说错话、认错人、办错事。有人喝醉了哭，有人喝醉了笑，有人喝醉了一声不吭。刘元对肖然说：“王八蛋，我要是不喝醉，哪他妈会有你？！”

1989 年 10 月 16 日，刘元架不住小师妹的软硬兼施、恩威并济，硬着头皮喝下去五口杯二锅头，第五杯刚一下肚，他就一头扎进一盆酸菜鱼里，吐得虎啸龙吟、日月无光。旁边有几个北京地痞尖着嗓子大笑：“傻逼，嘿，给娘们儿灌倒喽！”

那个夜里刘元的表现堪称经典。很多年后人们还记得那个不可一世的醉汉，他在校门口躺成一个酒气熏天的“大”字，谁从他身边走过他就问候谁的母亲，连人称“考场名捕”的系主任都不放过。肖然他们闻讯赶来时，刘元正大声背诵那首著名的《为什么你不生活在沙漠上》，旁边的韩灵一身酒气，粉脸通红，急得手脚乱跳，眼看着就要哭出来。

你要把事业留给兄弟 留给战友

你要把爱情留给姐妹 留给爱人

你要把孤独留给我 留给自己

……

那个夜晚，对肖然、韩灵和刘元来说，都是刻骨铭心的一夜。但在当时，没有人意识到这个安静的夜晚会埋藏着重重杀机。那时刘元正人事不省地打着呼噜；肖然的西装上沾满了刘元呕吐出来的盛宴，臭气熏天；韩灵坐在宿舍中央的椅子上，看肖然有条不紊地冲糖水、敷热毛巾，还小心翼翼地帮刘元脱了衣服鞋袜，一脸慈祥地给他盖上被子，看得心中异常感动。那夜的月色很好，墙外的玉兰树在窗上投下斑驳的影子，肖然收拾完刘元后，胸中异常气闷，正想抱怨两句，转过头就遇上了韩灵的目光。这时月亮划过树梢，蔚蓝色的月光透窗而来，两个人对视了一会儿，肖然笑了，韩灵也笑了，在一片静谧之中，肖然听见自己的心嗵嗵地跳了两下。

从那以后刘元再也没喝醉过。1998 年邓辉到深圳旅行结婚，肖然在南海酒店花了一万多元，从上午十一点一直喝到晚上九点。喝到最后，陈启明抱着桌子腿叫妈；肖然趴在地毯上一拱一拱地往前爬，说要游到香港；邓辉也酒后现形，不顾身旁面色铁青的新娘，抱着餐厅服务员就要喝交杯酒。闹得不可开交时，餐厅经理叫过来四五个保安，要把他们一一送回房间，这时刘元突然像只豹子一样蹿了起来，三步两步冲到肖然面前，一脚蹬在他肚子上，肖然像中弹一样砰地倒在地上，所有人都看傻了。刘元提起西装，面无表情地往外走，快到门口时，他突然转过身来，眉毛一挑一挑地说："肖然，你记住，这一脚是你欠她的！"

《北京人在纽约》流行之后，刘元经常把这句话挂在嘴上：

"如果你爱他，送他去深圳，他可能会发财；

如果你不爱他，送他去深圳，他肯定会背叛。"

"这里的每个人都不可靠，"他指着窗外说，"每一个男人都可能是嫖客，每一个女人都可能是妓女，你如果想找爱情，离开吧。"

刘元是他们三个人中最早成为男人的。荔枝公园落成后，立刻成为低档妓女的交易市场，每当夜幕降临，这里总是特别热闹，有溜冰的，有跳舞的，民工们坐在旁边打牌赌钱，赢个二三十块就能吃顿鸡煲。在黑黝黝的荔枝树下，总会站着一些年龄不详、面孔模糊的女郎，有含蓄的，像寂寞的闺中少女："靓仔，聊聊天吧？"有粗鲁的，性感得犀利无比。

就在这里，在这个散发着热带气息的公园里，刘元用一百元的代价，轻轻走过了自己的纯洁年华。

他那时刚刚跳槽到第四家公司。在此之前的经历，简直可以说是一段血泪史。刘元的第一份工作足足找了四个月，四个月里他每天都到人才大市场报到，像没头苍蝇一样挤来拱去，满脸谄笑地递上简历，一脸羞红地缩回双手。招聘人员不管职位高低，一律硬邦邦地板着脸，翻着雪白的眼仁儿，状如阎王殿前的便秘小鬼：“有工作经验吗？没有？下一个！”有一次，一家贸易公司招聘业务员，刘元奋力挤进人墙，刚要跟招聘的肥佬打招呼，那厮一看他拿的是毕业生推荐表，立马不耐烦地挥手，像撵猪一样往外轰他：“刚毕业的，去去去！”气得刘元差点吐血，狠狠地跺了一下脚，凶猛地拱了出来，牙齿咬得咯咯作响，恨不能咬谁一口。

刘元刚到深圳时住在上沙村，那时的上沙村还是一条黄土路，一下雨就满身泥点，看谁都像被俘虏的境外特务。刘元在他老乡的床上挤了十六天，最后实在受不了摔碟子打碗的逐客暗示，怀着一腔怨恨拂袖而去，扛着两个大编织袋搬到蔡屋围的廉价旅馆，跟一帮脚臭得能熏死臭虫的河南人睡在一屋。有一天，一个叫赵康东的南阳农民坐在他上铺剪脚指甲，刘元在人才大市场碰了一天钉子，心中烦躁无比，闷闷不乐地泡了一碗华丰三鲜伊面，刚吃了两口，一片硕大无比的、黑乎乎的硬壳就从天而降，不偏不倚地落进碗里，刘元当时就炸了，一跃而起，劈头盖脸地把那碗面扣到了赵某人头上，一边带着哭腔喊："太欺负人了！我杀了你，我杀了你！"

那天刘元被打得鼻青脸肿，从那以后，他睡觉时就会在枕头下放一把刀。

十年后，刘元成了内地最著名的策划人，《商潮》杂志称他是"经营大师、企业良医"。有一次在华南卫视做访谈嘉宾，那位家喻户晓的美女主持人一脸媚笑地问他："刘先生，在您的奋斗历程中，最让您感到骄傲的是什么？"刘元沉思了一会儿，一字一句地说："那就是：坚持。十年来，不管多苦多累，我从没有放弃过心中的理想。"刚说完，台下就响起了一片经久不息的掌声。

聚光灯下的经营大师显得有些忧郁。一片欢呼声中，他突然想起了多年前的那个夏日午后：年轻的刘元站一片花树中间，双眼明亮，一身洁净，对那个同样年轻的韩灵说："我尊重你的选择，但你记住，我会一直等你。"

因为韩灵，刘元几乎爱上了肖然。他不止一次在心里比较两人的优劣：他是城市户口，父母都是教师，肖然家在农村，爹妈都在修理地球；他身高一米七七，肖然一米七六；他是著名的校园诗人，肖然只会踢足球，还踢得不好；他有两套西装、一套阿迪达斯运动服，肖然只穿得起拳王内裤，校外小摊上买的，三块钱一条；他除了眼睛小点，五官还算清秀，肖然一嘴四环素牙，脸上遍布雀斑。比较来比较去，他都觉得韩灵无论如何应该爱上他，而不是那个土了吧唧的肖某，所以只能怪韩灵瞎了眼。

肖然来深圳，他也来深圳。肖然每周给韩灵打一次电话；他工作不稳定，也会隔三岔五地跟韩灵联系一下。不争取就没有机会，他总这么想。直到韩灵毕业来到深圳，这个梦才算彻底醒了。那个夜里，他眼睁睁看见韩灵从火车站走出来，和肖然拥抱在一起；眼睁睁看着他们依偎着走进楼门，韩灵一边咯咯娇笑，一边紧紧搂着肖然的胳膊，然后那盏灯亮了起来。刘元徘徊楼下，心中欲悲又喜，几次想高声呼喊，话到嘴边又憋了回去。在一片喧闹之中，那盏灯无声无息地熄了，刘元想象着他们正在做的事，想象着韩灵此刻的神情和状态，心像是跌到了谷底，晃了两晃，无声地坐到了地上。

然后，刘元就去了荔枝公园，有人跳舞，有人唱歌，他拖拖拉拉地往黑影里走，几个女人上来招呼他，他像没听见一样，一步一顿地走过，像一个鬼气森森的影子。是在哪棵荔枝树下，那个满脸皱纹的东北女人问他："靓仔，玩一会儿不？一百块就行。"刘元刚想说"滚"，突然心中热血翻滚，一生的际遇喷薄而来，他颤抖着伸出双手，一把将她按倒在地上。

三

一件范思哲衬衫，八千七百元；一支十五毫升的 SK-Ⅱ眼霜，六百二十元。不要瞪眼睛，这是穷人用的。

一套阿玛尼女装，二十七万港币；一张高尔夫俱乐部的会员卡，说起来不贵，八万元，不过，是美金；一块卡地亚名表，算了，不说了，你就是不吃不喝，几辈子也买不起。

蓝鲸夜总会有个坐台小姐绰号“林青霞”，身高一米七二，生得肌肤如雪、眉目如画，江湖传闻，看过她身体的人都已经狂喷鼻血而死。有一天晚上她接待了一个香港客人，第二天就买了两套房子，好一点的自己住，差一点的租了出去，房客中有一个经理，有一个总经理。

有个人跟老婆离婚，分家产时吵得口舌生疮，其人大怒，摧心一掌，打得老婆跌落尘埃。其老婆虎啸一声，正待疯狂反击，听见老公咬着牙说：“丢！我再给你加一点！行了吧？！”

这一巴掌值两千万。

奔驰 600 差不多算是最豪华的车了吧，1998 年 7 月中旬，有个潮州人开了一辆奔驰 600 在深南大道上兜风，不小心跟一辆美洲虎轻微碰撞了一下，交警赶过来盘问不休，潮州人听得不耐烦，击节长啸：“这车我不要了！”不是说大话，一年之后那辆车还待在停车场里，轮胎上长出了蘑菇，真皮座椅里住了一窝耗子。

不用叹气，这不算奢侈。在深圳，还有更奢侈的东西，那就是：爱情。

爱情。

韩灵到深圳的时候，正是肖然开始发迹的日子，所以他一直说韩灵有旺夫运。那时肖然已经离开了蓝园公寓，在粤海工业村附近租了套一室一厅的房子。1993年的肖然已经不愁温饱，腰里还颇有点余粮。那时股市正热，每天都有成千上万的人排队认购新股，买到的笑，买不到的自叹命苦，连守厕所的都会画K线图。有人打过这么一个比方：拿机关枪在深圳街头扫一梭子，十个死的有八个都是股民，剩下那两个还是股评家。肖然的顶头上司牛云峰是他们公司最先入市的，买进卖出几个回合就赚了两万多。肖然吃了几笔回扣之后，资产已经达五位数之巨，看牛侄儿炒股炒得欲仙欲死，不禁贼心瘙痒，从银行里取出一万多元，在二十七块八的价位上买了四百股深发展，不到两个月就猛蹿到三十九块二。生性保守的肖然不敢再捂，果断地出了货，一转手就赚了四千多。没过几天，韩灵毕业来到深圳，为了赢得佳人芳心，肖然不顾家底地带她去了深港海鲜城，那天的肖然分外风骚，身穿一件青灰色的风衣，油头锃亮，白眼瘆人，周润发见了都要打寒战。服务员过来点菜时，肖然右手前伸，戟指笑谈："白灼虾、鲍鱼、圆贝。"韩灵看了一眼菜价，惊恐万状地吐了一下舌头，右手狠狠地捏了他一下。她不捏还好，这一捏越发激起了肖然的万丈雄心，他猛地挺直腰杆，气冲斗牛地问："龙虾有吗？来条龙虾！"

不知道是爱情的力量还是龙虾的力量，那天晚上，肖然对韩灵实施的侵略没有遭遇到任何抵抗。初经人事的肖然在前半场一直不得要领，一接近球门就抬不起脚来，每次都是无功而返，折腾了半夜，两个人都累得大汗淋漓。韩灵坐了一天火车，实在是撑不住了，打着哈欠摸了摸他的作案工具，说要不然算了吧，先睡觉，明天再说。肖然正满腔悲愤，一听这话更是气不打一处来，哑着嗓子骂了一句，说他妈的我还不信了呢！说罢悍然发动攻势，韩灵措手不及，皱着眉头大叫一声，两手紧紧地箍住肖然，指甲在他背上划了一条长长的血痕。

"今天是我这辈子最重要的日子。"

"我也是。"

肖然紧紧地抱着韩灵，叹了一口气说："我就算现在死了，也觉得不缺什么了。"韩灵轻轻地拍了他一下，说："你胡说什么。"肖然突然激动起来，翻身坐起，说："真的，只要你在我身边，我死都是笑着死的。"

窗帘遮住了星光，屋子里漆黑而寂静，一些隐约的笑声在空气中轻轻飘荡，像是神秘的预言。隔壁的婴儿突然夜哭，哭声若断若续，象征着人类最初的苦难。肖然俯下身，贴在韩灵耳边轻轻地说：“亲爱的，你是我这辈子永远的新娘，即使将来不能在一起，我也要永远记住今天的你。”韩灵心里一阵感动，脸埋在肖然胸口，越想越难过，过了一会儿，她肩头耸动，嘤嘤地哭了起来。

那年肖然二十三岁，韩灵二十二岁，他们的全部资产加起来不到两万元。他们永远的洞房，粤海工业村旁边那栋破败简陋的屋子，在 2002 年初被拆成一片瓦砾。那时还在鞍山的韩灵已经成了一名小学教师，上午两堂课，下午两堂课，讲得喉咙肿痛，吃多少“金嗓子”都不管用。有时候疼得实在受不了，就找同事宋世杰代课。宋世杰是个老鳏夫，老婆死了七八年了，一直也没再婚，天天闷闷不乐，不过对韩灵一向很照顾，每天上班都替她抹桌子倒水，还经常给她带点梨和苹果什么的，说多吃点水果对嗓子好。韩灵开始不好意思要，后来也渐渐习以为常。当小学老师很累，韩灵每天中午都要小睡一会儿，如果没有别的人，老宋就会轻手轻脚地给她盖上件衣服，韩灵说谢谢，老宋总是憨厚地笑笑，嘱咐她：“别着了凉。”就在肖然死的前半个月，韩灵大病了一场，老宋给她买药、买水果，一天三顿给她送饭。病好后韩灵觉得无以为报，狠了狠心，终于躺到了老宋的床上。大概是因为很长时间没有碰过女人，老宋刚一碰到她就一泻如注，扑通一声趴在她身边，一句话也不敢说。韩灵拿卫生纸简单擦了擦身体，然后轻轻搂住他皱皮松松的脖子，说："老宋啊，你可真是个好人。"这时月亮划过中天，楼群间光影重重，眼角布满皱纹的韩灵突然心里一动，像茫茫黑夜里的火花一闪，她把头深深地埋进老宋的胸口，然后在心里轻轻地问：

"肖然，你在深圳还好吗？"

四

陈启明是典型的傻人有傻福，毕业后分配到老家的粮食局，干了一年多，实在忍受不了行政机关水裆尿裤的办事风格，再加上领导一直看他不顺眼，说某人上学时政治上有问题。说得某人恨炸胸膛，一怒之下写了长达万言的辞职报告，从政治体制抨击起，一直抨击到家庭联产承包责任制和公粮制度，最后还居心叵测地提到了他们科长每天占着茅坑长达半小时的事。在报告的结尾，陈启明庄严地发表声明："我觉得辞职首先是个良心问题，其次还是个智商问题，粮食局这个破地方，只有白痴才待得下去。"他们科长本来还打算假惺惺地挽留他一下，一看到这句话，差点气炸了头盖骨，颤抖着四肢签了"同意"二字。就这样，陈启明成了粮食局最早放弃国家粮食的家伙，一个不容于所有领导的叛逆者。

叛逆者于1993年5月30日登上了去广州的火车。那年他二十二岁，三十多小时的旅程，他一直都不大清醒，想象中的深圳就像天堂，鲜花铺地、美酒盈樽，走路都会踢到金子。他甚至还想到某一天衣锦还乡，跟科长见面的情景：油头锃亮的陈启明缓缓摇下豪华座驾的车窗，亲切地对他们科长说："科长，这么多年不见，你的自行车还是很新啊。"那辆自行车是这位科长花九百元买的，对之视若己出，每天都要在食堂的水龙头下擦洗一遍，亮得像许大马棒的盒子炮。

火车在儿童节的中午到达广州。陈启明提着一个灰色的帆布包，被汹涌的人流裹挟着来到万头攒动的广场上，面前的景象让陈启明销魂荡魄、欲仙欲死：在令人窒息的热浪和噪音的包裹下，黑压压的人群拥挤着、叫嚷着、冲撞着，像一个巨大而湍急的漩涡，没有什么不能被吞没，没有什么不能被毁灭。几个山里汉子正围着几只破破烂烂的编织袋抽烟，灰扑扑的脸上汗水直流；几个满脸灰泥的小男孩一路蹒跚而来，向每个人伸出双手，有一个扑通一声跪在他脚下，两手紧紧抓住他的衣服，口齿不清地哀求："给我一块钱，给我一块钱吧。"陈启明掏出十块钱给了小男孩，一下子从梦中醒了过来，环视着这个苦难的广场，看见一个小偷正拿着镊子从一个老头口袋里掏钱，四周的人静静地看着，一言不发。

"我不可能凭自己的力量出人头地，"1993年的最后一天，陈启明满脸通红地对肖然说，"我没什么本事，也不想吃苦，唯一的选择就是嫁给黄芸芸。"

那天他们辩论了很久，正方辩手陈启明坚持物质利益至上，认为村长家的女儿，黄芸芸，有钱且有房子，且是一家上市公司的股东，一年的分红相当于陈启明当时工资的六十多倍。“她至少可以让我少奋斗二十年，从此不再为房租和生活费发愁，你说，”陈启明咬着牙反问，“我为什么不可以嫁给她？”

反方第一辩手韩灵认为陈启明嫁给黄芸芸恐怕会牺牲掉一生的幸福。“你和她会有共同语言吗？”她问，“黄芸芸初中都没毕业，你和她说什么呢？”站在可持续发展的角度，她认为陈启明的入赘行为无异于乱砍滥伐、杀鸡取卵：“黄家会一直有钱吗？万一有一天他们家穷了，你怎么办？”过了一会儿，她又对陈启明创效益的能力表示怀疑，“就算他们家真有钱，你又能控制多少呢？别忘了，你始终是个外人。”

反方第二辩手肖然认为这桩买卖的成本太高，原因是黄芸芸的皮相实在太对不起观众：又黑又胖，皮肤糙得可以磨刀，一张典型的热带脸，两只外翻的鼻孔，满口茶色的牙齿，一笑起来让人浑身起鸡皮疙瘩。肖然一想起这个就不停地皱眉头，好像黄芸芸就坐在他脑袋上。“就算这些你都能接受——对，关上灯都差不多，眼睛一闭张曼玉，被子一蒙钟楚红嘛，但是，你听说过张曼玉有那么厉害的狐臭吗？”他夸张地比了个呕吐的姿势，“就算你没有意见，你的鼻子也没有意见吗——你到底有没有鼻子？”

陈启明当然有鼻子，而且快气歪了。听肖然放完厥词后，一直隐忍不发的陈启明拍案而起，脸上青筋跳，嘴里白沫飞，结结巴巴地怒斥肖然：“你爱韩灵的脸蛋和身材，我爱黄芸芸的钱和她当村长的爸爸，你你你……你凭什么以为你比我高尚？”

陈启明是在喝早茶时认识村长黄仁发的。那是在下沙一间叫“福星”的茶餐厅，每天早上都坐得满满的，十年前还在田里汗出如浆的深圳农民，到此时已经洗净手脸，成了这城市纯粹的食利阶级，不劳而获的贵族。他们最经典的生活方式是这样的：每天都睡到日上三竿才醒，然后打着哈欠踱进茶市，要一壶茶、几碟点心，慢悠悠地一泡就是大半天；喝完茶后骑着摩托车到处去收房租，钱到手后就去打麻将，打累了才睡觉，睡醒后再去喝茶、收房租、打麻将。如此日复一日，年复一年，不仅不知道稼穑之苦，很多人连农作物都不认识了。

陈启明走进福星时已经没有空桌了，服务员把他带到一张大桌子旁，跟七八个东歪西倒、面色阴沉的老头子坐在一起，其中有两个正在激烈地辩论，嘴里烟雾腾腾，你“丢”过来我“丢”过去，“丢”得陈启明十分懊恼。他正想换张桌清清静静地吃点东西，还没起身就被一个面皮黑黄的汉子一把抓住，然后听见一句十分提神的国语：“小火鸡（伙子）呀，你来评评理啦，你说老公强奸老婆系不系（是不是）犯罪呀？”

此人正是黄仁发。丑姑娘黄芸芸的爸爸，陈启明的未来岳父，两家上市公司的股东，一家集体企业的董事，十年前他叫黄队长，现在人人称他黄总。陈启明没意识到此人在他未来生命中的重要性，他噘着嘴挣开黄总的手，没好气地回答："当然不能算，跟老公上床是老婆的义务！"

陈启明说，如果有人请你当裁判，你一定要站对立场，因为参赛选手中说不定就有你的丈人。黄总仁发听陈启明发表完结案陈词后，高兴得眉毛都竖了起来，不可一世地向他的论敌扬了扬胡须参差的下巴，像唱歌一样叽里咕噜地说了半天，歌词大意是：大学生都站在我这边，你怎么说？然后转过头拍了拍陈启明的肩膀，说："今天你想吃乜（啥）就吃乜（啥），你的单我包啦。"

那是1993年7月，相书上说陈启明那个月福星照头，天德顾身，主有贵人相助；同时咸池冲撞主星，主桃花犯命，有情事困扰。陈启明对肖然和韩灵说："算了，你们也别劝了，再劝下去就伤感情了，这可是我的命啊。"

一年后，还是在福星茶餐厅，陈启明请肖然、韩灵和刘元吃了一顿饭。那天餐厅里人很多，闹哄哄的，一派乌烟瘴气。陈启明点了七八个菜，叫了十几瓶珠江啤酒，酒菜端上来后，他淡淡地说哥儿几个尽情喝吧，今天就算是我的婚宴了。喝到一半，黄芸芸过来敬酒，陈启明搂了一下她的肩膀，似笑不笑地发表了一通演讲，说我知道你们看不起我，觉得我出卖人格，但想通了，你们又何尝不是？"你，"他指着肖然，"吃回扣出卖良心；你，"他转向刘元，"为工作出卖尊严。"他自说自话地点了点头，说我现在算是想通了，在这个城市，在这个时代，谁把自己卖得最彻底，谁就会出人头地，“否则，你就没有任何希望！”

那天几个人的情绪都很低落，酒喝得很凶。喝到最后，陈启明像堆烂泥一样黏在椅子上；肖然趴在桌子上不停地打着醉嗝，嘴里念念有词，不知道说些什么。刘元点上一根红双喜，眼睛一眨不眨地看着韩灵，说你现在还好吧。一个小孩伸着脖子，好奇地看着他们。韩灵没说话，默默地转过头去，窗外是一轮惨淡的夕阳。

夜幕降临时，餐厅门口的彩灯一闪一闪地亮了起来，照着街上面无表情的行人。从窗外往里看，餐厅里烟气腾腾，每个人都面目不清，像一场远处的电影，影片中的人似哭似笑，但在观众眼里，这一切都显得那么可疑。

五

韩灵到深圳不到一年，就打了第一次胎。初夜之后，两个人像高尔基见到面包一样，一吃起来就没个节制，那张可怜的木床在剧烈撞击之下坚挺了几个月，终于轰然倒塌，响声震天，在寂静的夜里格外瘆人。韩灵刚开始还比较清醒，知道前七后八是安全期，可以随便灌溉，一过了安全期就要肖然戴安全帽。那时候杜蕾斯什么的还没进入中国，药店里能买到的都是国内橡胶厂生产的劣质产品，像锅巴一样又薄又脆，经常是还没进入施工现场，安全帽就已经破得千疮百孔，这样三折腾两折腾，终于折腾出事了。

韩灵那时在中洋外贸公司上班，每天打打文件收收传真，很清闲。他们老板是一个香港人，大名唤作钟德富，没什么文化，笃信济公活佛。有一天扶乩求神，问东南西北何处可以发财，“济公”哼唧了半天，在沙盘上歪歪扭扭地画了几个符，钟德富趴在地上研究了半天，终于明白了“济老大”的指示，于是变卖了家产，北上内地骗钱。那还是 1989 年的事，“投机倒把”在当时还属于刑法的打击范畴，钟老板自恃济公附体，胆子比脑袋都大，置“人民专政”的权威于不顾，悍然走私了几笔电子器材和办公设备，一下子就发了起来。

韩灵到这家公司时，钟德富五十七岁，正处于男人最后的青春期。阅人无数的老帅哥在人才大市场第一眼看到韩灵，就被她清纯的五官、窈窕的身材和那种羞涩的表情感动得浑身乱颤，问了不到三句话就拍板录用，试用期薪水一千八百元。那可是1993年啊，一千八百元即使在深圳也算是高薪了。在最开始的几个月，钟德富装得像尊坐怀不乱的真神，韩灵每次拿文件进去，他都用鼻孔轻轻地嗯一声，绝没有一句多余的废话，甚至连头都不舍得抬。有一天，因为等两张香港来的报关单，韩灵一直加班到晚上十点多，要回家了，老钟说："小韩，不要坐巴士了，我请你吃饭，顺便开车送你回家。"那天肖然无缘无故地被牛侄儿教训了一通，心里憋了一肚子气，回家后左等韩灵不回来，右等韩灵还不回来，情绪越发高涨。等了几个小时，实在是饿极了，就到楼下的士多店（store，杂货店）里买了两个面包，一边吃一边恶狠狠地啃着自己的牙床，盘算着怎样向韩灵讨还公道。快十二点时，一辆挂着粤港两地牌照的黑色公爵王缓缓开过来，韩灵满脸媚笑地走下车，裙裾飞舞，月光满身，像个能诱人跳海的妖精。肖然正恨得荡气回肠，见此情此景，更是急怒欲狂。韩灵没注意到阴影里坐着的某人，兀自一脸媚笑地向公爵王道别，还伸进手去让老钟轻轻地捏了一下，然后哼着反革命小曲往回走，刚到楼门口就看见了肖某人生铁一般的脸色。

“他是谁？”肖然的嗓子像是在冰箱里冻过。

“我们老板，”韩灵抱歉地笑笑，“今天加班，没有公交车了，所以搭老板的顺风车回来。”

“你们老板？你们老板？！”肖然祭起一双雪白的眼球，“跟老板用得着那么亲热？是情人吧？”

“神经病！”韩灵诊断完肖然的病情，气鼓鼓地往回走，没走几步就听见背后一声大喝：“韩灵！你给我站住！”韩灵蓦地回头，看见肖然像头发情的狮子一样，毛发倒竖、浑身发抖。看那意思，给根火柴他就能把方圆几里给平了。士多店老板见事不好，赶紧过来打圆场，说：“你们小两口平时那么恩爱，有什么话不能好好说？赶紧消消气回家去吧。”他不劝还好，这一劝越发引爆了肖然心中的火药库，他一蹿丈高，怒喝道：“看看你那一脸贱相！还老板，老他妈的狗屁板！加班不知道打个电话回来啊，啊？！还有没有点组织纪律性了！”这一急之下，连政治课的术语都背出来了，说得他自己都有点好笑。抬头看见韩灵光洁如玉的俏脸，心肠立刻又硬了起来，“今天的事情你要是不说个明白，咱俩……咱俩……咱俩就散！”

那是他们之间第一次大规模的战争，吵到后来，所有的变天账都翻了出来，韩灵跟刘元不清不楚的暧昧关系，毕业前跟他们班男生搂搂抱抱的合影，都成了她淫荡的佐证。甚至连韩爷爷开工厂都成了她品质败坏的历史根源。说得韩灵无言以对、无地自容，头埋在被子里差点哭断了气。肖然越数落越伤心，回首他在深圳的苦命生涯，如何被肉牛一族压榨剥削，如何勒腰扎脖每月给韩灵寄一百元钱，如今全变成秦香莲的臭豆腐，不禁泪流满面，伤感得鼻涕横流、吭哧有声。

根据韩灵的估算，出事就在那夜。情侣之间的批判大会往往会变成肉帛相见的床上运动，这早已是司空见惯的套路。不同的是韩灵在紧急关头还不忘提醒肖然："要戴那个。"肖然饿了一晚上，饥火和那什么火都在熊熊燃烧，早把个人的安危置之度外，只听他低吼了一声："偏不戴！"就奋然杀进了敌军阵地。

那时钟德富正坐在英皇夜总会的豪华包间里翻白眼，他已经把所有的坐台小姐都检阅了一遍，却没有一个满意的；那时刘元正在看松下幸之助的发迹史，手边有一碗吃了一半的番茄炒蛋饭；那时陈启明正在梦里数钱，数完一沓就放在身上，最后被钱压得喘不过气来。当窗外的灯火渐次熄灭，肖然轰然一声扑倒在韩灵身上，鼻孔喷气，神经微颤，脸上还有一滴未干涸的眼泪正慢慢滑落，在寂静无声的深圳之夜，在经济腾飞的1994年，在韩灵年轻美丽、没有一丝皱纹的脸上。

两个月后，当那个五十多岁、号称当过中国女排队医的湖北女人一脸严肃地吩咐："脱裤子！"韩灵的脸刷地红了，紧紧抓住肖然的胳膊，可怜巴巴地问："能不能让他在这儿陪我？我害怕。"老队医斩钉截铁地说："不行，这事不能让男人看见，否则他一辈子都会看不起你。"韩灵又失望又紧张又害臊，哇的一声哭了起来，转头扎进肖然怀里，小拳头像擂鼓一样，说"都怨你都怨你"，哭得肝肠寸断、四肢冰凉，哭得肖然心如刀绞，不顾老队医急吼吼的脸色，一把将她搂在怀里，双手紧紧地抱住，闻着她发丛中淡淡的廉价洗发水味道。

手术刚开始并不怎么疼，韩灵只感觉到那些冰凉的钳子改锥铁锹什么的，在自己体内进进出出，接着是老队医赤裸的手指，滑滑的湿湿的，像条不怀好意的蛇。被固定在手术台上的韩产妇此刻突然尿意大起，心里又羞又气，恨不能一口把自己的鼻子咬掉，正埋怨着罪大恶极、丧尽天良的肇事者，那种锋利的、撕裂的、不可抑止的疼痛就来了。门外的肖然正准备拿头撞墙，突然听见一声撕心裂肺的惨叫，跟着是老队医焦躁的训斥声："不要乱动！越动越疼！就快完了！"听得他全身血涌，一拳打在墙上，打得四邻震动，皮破血流。肖然在心中对自己说："肖然啊，你要记住今天！"

手术后，韩灵请了一个星期的病假。那七天里，肖然体贴得难描难画，每天一大早就起来热牛奶、煎鸡蛋；饭做熟了再拿热毛巾给她擦手擦脸，然后一勺勺地喂到韩灵嘴边。中午只有一个小时的时间，一听见下班铃响他就没命地往外跑，在路上喘着粗气买炸鸡、买卤肉、买稀粥，然后飞奔上楼，一边擦汗一边给韩灵喂食，耐心得像只亲爱的麻雀妈妈。小麻雀吃饱喝足擦净嘴之后，时间也差不多了，他左右开弓，吃两口残羹冷炙，亲一下韩灵就夺门而去，狂奔在热气熏天的深圳马路上。韩灵站在窗前，望着那个被汗水洇湿的脊梁，有时会发出这样的感慨：唉，原来打胎如此幸福。

幸福中的韩灵并没有意识到这次流产对她意味着什么。在老队医野蛮作业之后，她一直觉得肚子丝丝拉拉地疼，手术前像盼救星一样盼望的月经倒是来了，却一来就不肯走，一连多少天都沥沥啦啦的，还经常流出一团团紫黑色的黏稠血块。七天病假休完，脸色初见红润，按肖然的意思，她最好再续请几天假，"先养好身体，然后再派你出去赚大钱"。韩灵那天心情不错，笑嘻嘻地说："我都残花败柳了，赚什么大钱？就安心跟你吃苦吧。"然后吊在肖然胳膊上登上大巴，在汽车上颠簸了四十多分钟，刚到上海宾馆，就感觉支持不住了，头晕恶心，脸色煞白，脚重得像有八百个淹死鬼在后面拖。好容易坚持着走到中洋公司，刚拿起卡，就感到整个世界都在旋转，两脚软得像煮烂了的面条，再也站立不稳，扑通一声栽到地上，头撞得门框嗡嗡作响。

韩灵七天没来上班，钟德富老是感觉像少了点什么。那天他送韩灵回家，本想乘机侵略一下，摸摸捏捏什么的，但看见韩灵一脸的宝相庄严，就没敢造次。学着慈祥长者的口吻问了问她的家庭情况，听说她父亲很早就去世时，还装模作样地叹了一口气，左手有意无意地在她肩膀上拍了一下。离过一次婚，有大婆一名、二奶两名、情人无数的欢场老手钟德富，早就过了乱说乱动的年龄，按他的理论，女人就像一锅汤，慢慢煲出来的才有味道，所以他不心急。而且优势是明显的：有多少钱就有多少魅力，他坚信韩灵逃不出他的魔爪。大不了给她一两万，钟德富咂着舌头想，干一夜等于干一年，这条女不会那么不识做。

这条女被扶上车时已经苏醒，像堆泥一样窝在后座上。老帅哥钟德富轻佻地搓弄着方向盘，不断从内视镜里偷窥韩灵的动静，心里贼念四起，想象着把她抱到床上，像飙这辆公爵王一样飙她的动人场面。正想得欲火如潮、张弓待发之时，韩灵忽然娇喘一声，说："钟总，我不去医院，你送我回家好不好？"老帅哥会错了意，以为肥猪拱门，高兴得连油门和车窗都搞不清了，连声说"没问题没问题"，也不管什么单行道，掉转头就往回开，一路逆行直奔蛇口。

肖然坐在办公桌前总感觉有什么不对劲。牛侄儿最近像是发现了什么，脸一直阴得像个茄子。前些天跟信达厂签了一份九万多的合同，定好了这周二交货，肖然一直惦记着这笔回扣，想着钱到手后，一定要另租一套房子，他们现在住的那套实在太破了，而且蚊蝇纷飞，蟑螂横行，厨房里常有耗子不请自来，旁若无人地大肆咬嚼。有一天晚上韩灵上厕所，刚刚蹲下就感觉屁股上有异物爬动，回手一捞，赫然拿获了一只丰满健壮的蟑螂大王，吓得她四脚朝天，厉声长啸，墙皮纷纷脱落。

今天一上班就被领导召见，肖然硬着头皮走进去，还没来得及请安，就听见牛侄儿中气十足的念白："你！马上通知信达厂，那批货不要了。"肖然心里砰地一下，知道事情不对，接了令就往外走，脚还没迈出门口，又被牛侄儿一声震住："你听着，今后不许在信达厂订货！"肖然登时觉得尾椎骨冰凉，抬头看见牛侄儿正瞪着一双锥子般的巨眼，眼中刀枪如林，不由得鼻尖冒汗，四肢颤抖。

那时候肖然还很嫩，学生气十足，跟生人打交道还会脸红。老江湖牛云峰分析了几个月的报表，觉得肖采购的价格有点问题，但又没有足够的证据，孙子说兵不厌诈，所以他也要来诈一下，没想到果然诈得肖然露出马脚。肖采购败了一个回合，坐到座位上脸生红云，心想这份工作看来是做不长了，得早作打算才行。前途黯淡，再想起面色苍白、血流不止的韩灵，肖然心中伤感顿生，真想大哭一场。情绪平定之后，他往中洋公司挂了个电话，一方面表示关怀；另一方面，听听韩灵的声音对他也是个安慰。

电话没人接，肖然不死心，又拨了一次，听见一个温柔婉转的声音说："您好，中洋公司，找哪位？"肖然说找韩灵，那面静了一下，然后说韩灵昏倒了，"我们老板送她到医院去了。"肖然腾地跳起来，激动得舌头翻转："哪家医院？快，快，快，快告诉我，我，我，我是她男朋友！"

钟德富上楼时就开始不老实，一手搂着韩灵的腰，一手来回地摸她衬衫里的乳罩带，心里痒痒得像生了蛆。韩灵爬了两步楼梯，累得娇喘阵阵、香汗淋漓，难受得话都说不出来，也顾不上理会老钟的轻薄。好容易爬到五楼，她砰地靠到墙上，一张脸白得吓人，有气无力地对老钟说："钟总……麻烦你……我包里那把黄色的……钥匙。"

房里一派混乱景象。被子没叠，散发出一股浓烈的暧昧气息；枕套有两个礼拜没洗了，油汪汪的；桌子上搁着一碗没喝完的汤，两只苍蝇正围着碗沿起起落落。老钟扶着她往里走，一不小心踩到了一团卫生纸，黏乎乎的，不知是什么内容，心里一阵腻歪，鼻孔哼了一声，说："小韩你怎么住这种地方啊？"然后不胜幽怨地叹了一口气，推搡着把韩灵放到床上，自己似蹲似站、犹犹豫豫地把屁股放到椅子上。

韩灵胸口像压了一块大石头，眼前金星飞舞，额头虚汗直冒，在床上吐纳了半天，烦恶稍减，于是强坐起来向老钟表达谢意："钟总，今天真是麻烦你，我现在好一点了，就不耽误您的时间了。"想了一想，觉得语气有点生硬，又补充了一句，

“我住的地方太乱了，真是委屈您。”说完艰难地挤出一个惭愧的笑容，笑得老钟欲哭无泪。

看着韩灵魂不附体的样子，钟德富明白，今天即使想做什么也做不成，霸王硬上弓不是他的风格，作为一个有家有业有地位的财主，他也不喜欢乘人之危，这事总要你情我愿才有趣。老帅哥钟德富在这一点上很健康，宣称自己有“三不上”：一不上醉鸡，因为人喝醉了难免会反应迟钝，无法领会他武功中的精妙之处；二不上病鸡，病人身有晦气，招惹了不仅大耗真元，而且会破财伤身；三不上瘟鸡，主要是怕传染。当然，今日不上不等于永远不上，健康的、清醒的、笑靥如花的韩灵还是符合他的性审美观的，惯于作长期投资的老钟在心里盘算了最多一秒钟，立刻就有了主意，他从 LV 真皮钱包里抽出两张千元港币，笑眯眯地放到桌上，一张胖脸像耶稣一样慈祥，对韩灵说：“你好好休息吧，这里是一点小意思，你去买点东西补一补。”

1994 年深圳出租车起价十二元，每公里两块四，这在全国恐怕也是最贵的。从蛇口到罗湖医院，计费器一直在不停地跳，肖然满头大汗，一面抱怨司机不开空调，一面不住声地催促：“快，快，再快，再快！”湖南籍的士司机被催得手忙脚乱、腿肚子抽筋，忍不住回头大声反驳：“桑塔纳哎，一百四十公里啦，再快，你还要不要命了？”

肖然没有回应，红树林招摇的枝叶在他脸上投下斑驳的光影，两只海鸟翩翩飞过，羽翼如纱，鸣声中情意无限，肖然看得心中感慨顿生，心中血浆翻滚，一把将烟头摁灭在自己的掌心，心里恶狠狠地想："韩灵，你死了，我陪着！"

八年之后的一个深夜，就在这里，陈启明和刘元烧了几百亿冥币，那时深圳的夜生活刚刚开始，滨海大道上鬼影憧憧，空气中飘荡着梦呓般的歌声。刘元眼眶乌青，脸上隐约有鬼魂的表情，纸钱烧完后，他想起与死者一生的恩怨，忍不住伤心起来，低着头流了两滴眼泪。陈启明刚想劝他，忽然听见树后有人说话，一个声音隐约传来："其实都一样……都一样……"他心里一动，几步走过去，没有人，风吹着树叶沙沙地响，他心里一阵害怕，抖了一下，脑后一撮头发慢慢竖起，在初秋微凉的风里瑟瑟地抖。

韩灵知道此钱有毒，万万不可收下，钟老板送自己回来，贵脚踏了贱地，已经是天大的面子了，怎么好意思再让人破费。而且老钟的口头禅就是"天下没有白吃的盒饭"，中洋公司每天中午给员工提供一个免费的盒饭，开早会时经常拿这话来教导员工。盒饭白吃不得，两千大洋当然就更白拿不得。韩灵长嘘一口气，抄起两张红色大钞，口称"使不得"，手忙脚乱地就往他口袋里塞。老钟作愠怒状、作圣洁状、作处女不可侵犯状，一手捂紧钱袋，一手欲拒还迎地抓住韩灵的手，说："你不要这么小气好不好，这是我的一点心意嘛，收下收下。”

韩灵坚决不收，老钟坚决要给，两人推拉了半天，韩灵眼花手软，心思也开始活动起来。1994年的两千港币可以从深圳到鞍山飞个来回，可以买一台16英寸的彩电，可以买好几套好衣服，这些都是她需要的。眼看着老钟又一次把钱推回来，她忽然失去了拒绝的勇气，抓着老钟的手，期期艾艾地说：“钟总，那……那……”还没“那”完，门忽然吱呀一声打开，韩灵一激灵，扭过头去，看见肖然像尊门神一样站在门口，面色涨红，鼻孔冒烟，身上脸上热汗直淌。

房里很乱，床上的被子窝成一团，散发出一股浓烈的暧昧气息，地上有一团卫生纸，脏乎乎的，不知擦过什么。他的女人衣衫不整地坐在床上，一条白腿挂在床沿，裙子里的内容隐约可见，床下有个男人抓着她的手，手里还握着两张钞票。

肖然脑袋里轰轰鸣响，心里乱得像塞了一口袋电线，他踉踉跄跄地往前走了两步，突然两脚一滑，一屁股坐到地上，楼板嗵地颤了一下。韩灵啊了一声，目光所及，看见肖然双手撑地，慢慢地抬起头来，双眼充血又含泪，像个白痴一样对她说：“你没死啊？我还以为你死了呢。”

六

世界上有两种公司，一种是你痛恨的，一种是你不满意的。

永远不要对老板心存幻想，他吃肉，你有口汤喝就不错了。

男员工找机会拍老板马屁，女员工找机会跟老板上床，前者叫管理，后者我们叫卖淫。

想当经理，你得有个好学历；想当总经理，你得有个好态度。

刘元说这些话的时候，他们老板正准备提拔他当人事部经理，那是在一家著名的日本电器公司。经过两年上顿不接下顿的惨淡生涯，1995 年的刘元已经成了一个非常务实的人。不管刮风下雨，他总是第一个到公司，见到领导大声问好，定期找上司汇报思想，每月写一份工作总结，几年下来，光总结都写了十几万字，他也从中尝到了不少甜头，又升职又加薪，还买了一套皮尔·卡丹的西装。“要学会表现，工作嘛，靠的是两件事：嘴皮子、笔杆子，即使你什么都不会，只要能说会写，照样有前途。”他这样教导新来深圳的小师弟。

小师弟名叫张涛，到深圳后的第一件事，就是到处拜码头。1991 届的三个师兄他都见过了，最喜欢的就是刘元。肖然架子有点大，不管什么时候找他都说忙；陈启明结婚后做起了安乐公，每天开着辆夏利去股市炒股，也顾不上理他。只有刘元，不仅管他吃管他住，还带他去福兴街、巴登街和黄岗食街走了一圈，用刘元的话说就是“见识见识深圳的风土人情”。这一圈走下来，张涛像是当头挨了一棒，一边跟着刘元往前走，一边不停在心里叫唤。书中暗表，这三条街是深圳著名的“鸡婆街”，在他们身旁，在明暗不定的夜色中，不知道有多少环肥燕瘦的女人正搔首弄姿、一脸狐媚地等待交易，直看得张涛心跳加速、口水长流、下巴掉到地上。刘元走到一家档口，停下来对他说：“现在明白了吧，在这个地方，钱就是皇帝，有钱你就有三宫六院！”

刘元自己也说不清到这些地方来了多少次。1995年冬天，他从黄岗食街叫了个湖南姑娘回家，很年轻，看样子不会超过十八岁。鏖战之后那姑娘没有急着走，一边穿衣服一边有一搭没一搭地跟他聊天，说：“靓仔你挺温柔的，又年轻，以后要多照顾我的生意。”这姑娘眉眼间有几分像韩灵，刘元靠在枕头上看着她慢悠悠地梳头，忽然伤感起来，心想：“他妈的，我已经跟无数女人上过床了，可是还没有真正谈过一次恋爱呢。”那姑娘像是看出了他的心思，说：“我以后周末都过来陪你好不好？还可以帮你洗衣做饭。”说得刘元心里一酸，赤条条地跳下床，一把将她搂了过来，嘴对着嘴问：“你愿意跟我谈恋爱吗？”

刘元本质上是一个害羞的男人。他不说脏话，不狠捏狠掐，自始至终都小心翼翼的，非常关注对方的感受。他不会问一些诸如“你老公是干什么的”之类的话，在他看来，一边运动一边提及对方的丈夫，几近下流，是另一种形式的奸污，你摧残人家身体也就算了，何必再让人家精神受伤。更关键的是，他不好意思跟对方讲价钱，“前一分钟亲密无间，后一分钟就为了几十块钱不欢而散，多伤感情啊。”他这样跟张涛解释他的消费理念。

那个湖南姑娘叫程露，从 1995 年 11 月到 1996 年 4 月，程露在与刘元的交易中获得纯利润四千五百多元，当然，除了车费，这事其实没什么成本。那段时间她每周末都会过来，有时候还给他带几个苹果、一半西瓜什么的。刘元的住处很简单，进门就上炕，程露帮他洗衣服、缝纽扣，熟稔得像在自己家里。刘元渐渐也习惯了这种生活，每到周末都会做上一桌子菜，吃饭的时候说说笑笑的，似乎全然忘记了程露是个妓女。

那段时间刘元在公司里干得非常起劲，当上经理后，他改掉了一切“不职业”的坏习惯，这个词也是他的发明，不管谁做了什么，他总会用“职业”或“非职业”的标准来进行判断。刘元经理每天穿西装打领带，头上涂满摩丝，手里永远拿着笔记本，老板指示的每个字他都要记下来，还要用心揣摩、坚决遵行。不管什么场合，他只要开口就是这样："我今天讲三个问题：第一……第二……第三……"像一部从不出错的电脑。1996年春天，公司号召员工提合理化建议，刘元熬了三个晚上，写出了一万两千多字的长文，从生产、销售一直讲到办公室的卫生，有分析有议论有解决方案，看得鬼子老板心头大喜，立马传真到日本总部，结果刘元被通令嘉奖，还发了三千元奖金。

奖金拿到手后，刘元回了一趟鞍山。买机票的时候想起了患糖尿病的爸爸，想起了他父母之间多年的吵吵闹闹，想起自己这么多年没往家里寄过几个钱，脸悄悄地红了一下。程露看在眼里，轻轻拉了一下他的手，叹口气说："哥你马上就能回家啦，我现在想回家都没钱呢。"程露跟韩灵一样，一直管刘元叫哥。她说的没钱也是真的，程露长相和身材都不算差，一天平均下来最少可以做一次生意，一个月最少也有五六千的收入，但她花钱大手大脚的，多贵的衣服都敢买，还爱打麻将，虽然做小姐时间不短了，但没攒下几个钱。刘元听这话的意思不对，这不是在跟自己要钱吗，马上就岔开话题，说："咱们晚上吃点什么好？"程露也傻，没再顺着那个话题说下去，眼睛骨碌碌转了一圈，贴在他耳边小声说："什么都不吃，就要吃你。"说得刘元心里发热、脸皮发红、身体发硬。

晚上刘元当大厨，红烧鸡块、清蒸鲩鱼、蒜泥拍黄瓜、糖拌西红柿，一人一大碗打卤面，程露还给他倒了一杯金威啤酒，然后不怀好意地嘻嘻笑着说："我发现你喝了酒挺厉害的。"那天晚上一切都很顺利，程露像个真正的妻子那样，全力配合刘元的工作，能上能下，叫向前就向前，叫向后就向后，事毕还拧了一条湿毛巾来给他擦汗。按照国际惯例，12 点左右她就要回店里去，午夜之后是深圳夜生活的开始，也是她们的交易高峰期。但这天她没有立刻走，还拒收刘元的银两，说："哥，我今天不收你的钱。"说完就依偎着刘元躺下，脸蛋紧贴着他的胸膛。刘元劳作之后不胜疲乏，闭着眼，心里一跳一跳的，感觉到程露的睫毛在他的胸膛上眨呀眨的，轻软、温柔，微微有一点痒。

昏昏欲睡之时，听见程露嘟嘟囔囔地问他："哥，你说我不做小姐了好不好？"刘元一下子精神起来，说："你不做小姐做什么？去工厂里打工，你又受不了苦；到办公室当文员，你又没有学历;回家吧,你后妈又老欺负你。"说完叹了一口气，摩挲着她光滑的后背想："命运这东西是没得挑的，吃多少苦，受多少轻贱,早有定数。"心里不觉怜悯起来,轻轻抱了她一下,还在她脑袋上很响地亲了一口。

程露没再说话，过了一会儿，她开始在黑影里窸窸窣窣地穿衣服,刘元迷迷糊糊地问了一句:"要走了啊？"程露没回答，几下穿戴整齐，走到门口啪地把灯打开。灯光刺眼，刘元用手背揉了一下眼睛，看见程露一身黑衣站在门口，灯光像瀑布一样照在她身上，显得她格外圣洁和庄严，像一个被遗落在暗夜里的天使。刘元看着她，一瞬间恍惚起来，像是忘了一件重要的东西，却怎么想也想不起来。程露直直地看了他一会儿，轻轻笑了一下，然后关上灯，哐啷哐啷地走了出去。乍明还黑之时，那个笑容像是凝固了，在黑暗中越放越大，像花一样绽放在刘元渐渐睡去的心里。

这是程露在刘元世界里的最后一个镜头。回深圳的飞机上，刘元看着窗外层叠起伏的白云，想起程露，心里有点难受，想这孩子挺可怜的，父亲是酒鬼，又摊上个凶恶的后妈，走上这条路也是逼不得已。自己真应该帮帮她，其实在公司里安插一个前台文员什么的并不是难事。心里打定主意要把这想法告诉程露，但是要告诉她，以后就是上下级关系了，不能再像以前那样。

回到深圳已经是晚上了，外面是泼天的大雨，刘元跳下中巴，湿淋淋地往家里跑，心想今天要把程露叫过来，几天没见了，还真有点想她。爬到四楼，一边找钥匙一边还得意扬扬地想，帮程露安排了工作，她肯定会知恩图报，估计今天可以免费享用，当 VIP 多好啊。

门打开，刘元提着大包小包走进去。屋里像被洗劫过一样：他的长虹彩电、健伍音响不见了，衣柜的门大开着，他的皮尔·卡丹西装、金利来领带全都不见了，到处都凌乱不堪，他的枕头掉在地上，上面有一个粗大的脚印。在程露无数次躺过的床上，横放着一张纸片，上面歪歪扭扭地写着："哥，对不起。"再也没有下文。

刘元一屁股坐到床上，两手哆嗦着点上一支烟。抽了一口，心里像有什么突然炸开了，脑袋嗡嗡地响，他一掌推开窗户，探身出去，对着窗外声嘶力竭地喊："我，我 × 你妈！"

窗外，是黑沉沉的夜和遮天盖地的雨。深圳像一叶孤独的小船，正在雨和夜的海洋里飘摇、颤抖，渐渐倾覆。

七

陈启明的婚后生活总体而言还是幸福的。黄芸芸除了丑点、身上有点异味,基本上没有其他的毛病了。这是个沉默的女人,爱和恨、欢喜和愁闷,她都用沉默来表达。广东女人大概是世界上最适合做老婆的,黄芸芸沉默着做好一日三餐,沉默着打扫卫生,把家里收拾得一尘不染,沉默着帮陈启明洗衣服、洗袜子、熨烫板整,最后,沉默着怀了孕。

陈启明到现在也不知道黄家究竟有多少钱。刚结婚不久,他跟老丈人黄仁发提起,说想买辆车开。本来以为一定会被拒绝,因为黄仁发自己从来不开车,进进出出都是坐的士。没想到话一出口,老黄就很爽快地答应了,说:"行啊,二十万以下,你看中哪款车就去买吧。"说得陈启明心里忽悠一下子,想自己父母干了一辈子,全部家产加起来也不够二十万,没想到老丈人随便一出手就有这么多。他在汽车展场转了半天,最后花十三万多买了一辆红色的天津夏利,这辆车一直开到 1998 年。还是黄芸芸吃饭时提起,说那辆夏利太旧了,你要不换一辆吧。那时候陈启明自己炒股赚了些钱,黄芸芸又补贴了几万,于是就买了辆黑色的广州本田。

钱是个好东西。有钱人陈启明心态越来越平和，神态安详，步履如水。想起当年，他经常会感到难为情，那个见什么都想咬一口的愤怒青年真的是自己吗？多可笑啊。至于那年夏天的午夜游行，他也认为是个玩笑，是啊，热血澎湃，但除了热血还有什么呢？事情有更好的解决方法。为这事肖然还跟他吵了一架，理想主义者肖然坚持说那是他一生中最伟大的壮举："想想吧，那个晚上，多少人？多少呼声？多少眼睛充血？多少心灵激荡？"

陈启明一辈子只当过一次领袖，就是在肖然说的那个闷热的夏夜，范越被打后，他们贴了大字报，到校长办公室投诉；保卫处调查了半天，轻描淡写地处理了一下打人的保安，转过脸来就不一样了，说他们煽动对立情绪，要全部给处分。陈启明快气疯了，当时就跟肖然发狠："煽动就煽动，我们搞他一个彻底的！他妈的，与其坐而待毙，不如揭竿而起！"几个人点头称是，回宿舍后就写鸡毛信，然后分头联系各系主席、各班班长，约定在第二天下午集体游行，鸡毛信中有一句堪称经典："粉身碎骨何惧哉，但愿正义在人间！"没想到事机不密，当天就有人到保卫处去告发。校长知道后，连夜下了死命令：不惜任何代价也要把事态消灭于萌芽之中！所有老师都出动了，挨门挨户地做学生的思想工作，系主任还专程到他们宿舍来站岗，苦口婆心地劝说了四个小时，一直到熄灯后才离开。那可真是郁闷的一夜，处分肯定是跑不了的，不开除就万幸了，人人心里都忐忑不安。肖然叹了口气说："唉，感觉像是大病一场。"邓辉闭着眼靠在床沿上，脑袋一顿一顿地发表评论。发完牢骚之后，有人开始数落起范越来，说他不该惹事，让这么多人跟着他受连累，范越尽管委屈，也只能低着头接受批评。那时候，谁都没注意到陈启明。有人吹熄了蜡烛准备睡觉，有人在翻找书和笔记本，打算第二天好好上课。当各种声音渐渐安静时，楼下忽然传来一声清脆的大喊："下来！"

正是陈启明。矮小的陈启明一身白衣，站在满天星斗之下，站在肖然们惊诧的目光中，大喝一声："下来！"

这一声喊，喊开了所有的窗户。肖然第一个冲下楼去，站在陈启明旁边，随着他高喊："下来！都下来！"很快，邓辉下来了，高斌下来了，王志刚和刘雅静下来了，陈伟涛、牛丽、何大海下来了……有人还在犹豫，有人已经作出决定，开始是几个人，后来是几十个、上百个人，最后所有人都冲下楼来。没有火把，那就举着蜡烛；蜡烛灭了，那就拆桌子、砸凳子，卷上床单和衣服，熊熊地点燃，高高地举过头顶，陈启明高喊："还我正义！让这里变成1874年的巴黎！"人群中有人回应："砸烂巴士底！还我正义！"一瞬间无数根火把都举了起来，脚步声、呼喊声、哐啷哐啷砸桌子声响成一片，就像一锅煮沸了的水。

要不是陈启明拦着，说不定真就有人要去拆房子，眼看着申冤运动就要变成集体抢劫，陈启明急了，站在台上高喊：“还我正义！严惩打人凶手！”一下子就把革命队伍拉回了正途，人群跟着高喊：“还我正义！还我正义！”喊了一会儿，陈启明觉得没什么新意，忽然开口高唱：“起来，饥寒交迫的奴隶……”这下可就不一样了，革命一下子有了形而上的意义，人群热血沸腾，跟着唱了起来：“起来，全世界受苦的人！”一边唱，一边大步向前，从南校门到北校门，从东校门到西校门，虽然队列不齐，虽然衣衫不整，但谁能阻挡这激情的洪流？看把那几个保安吓的！陈启明一边走，一边高唱那句他老是记不清的歌词：“因特什么奈尔，就一定会实现！”然后转过身，声音嘶哑地对肖然说：“看见了吧，我们创造了一个奇迹！”

六年之后，准爸爸陈启明想起这些异常平静，他撇了撇嘴，问肖然：“你想过吗？我们除了在校园里疯了一回，还做了什么？这就叫理想？理想就是那么疯一回？”肖然脸红脖子粗地还想反驳，他的有钱人朋友摆了摆手，说：“行啦，不说这个了，就算我们创造了奇迹，那也只是历史对不对？还是恭喜我吧，我快有儿子啦。”

刚结婚时陈启明也很嫌恶黄芸芸的形象，一两个月都不碰她一下。特别是夏天，运动中的陈黄氏腋窝下散发出来的浓郁气息，让人嗅之欲呕，嗅之胸闷气短，嗅之万念俱灰，常常是工作才做了一半他就中途停止，阴着脸躺到一边，鼻孔里咻咻有声，像被冰雹打伤的骡子。黄芸芸知道自己有问题，这时就会悄悄地爬起来，到卫生间里去洗澡，一洗就是半个小时，在哗哗喷洒的水流中淌眼泪。一墙之隔的卧室里，她的名牌大学丈夫正在皱着眉头长吁短叹，吁完了叹完了，再急匆匆地做上一次手工活。黄芸芸不说话，但黄芸芸什么都知道。

陈启明做手工活的时候心中想的全是美女，欧美港台的女影星，国贸系的孙玉梅，有几次想的还是韩灵。孙玉梅是国贸系的资深美女，眼大得无边无际，身材玲珑浮凸，还有个全校闻名的臀部。从大一到大四，不知道有多少男生给她抄过笔记、打过开水，也不知道有多少男生曾为她武斗过。陈启明知道，自己武大郎的身材、黑旋风的脸跟人家不是一个档次的，所以也只能在她走过来时流流口水、过过眼瘾，没什么更大的企图。自从那夜当了领袖后，孙天鹅忽然对陈蛤蟆青眼有加，主动找他借书看，还专门跑到204来，说“你其实挺勇敢的”，说得宿舍里人人眼中冒火。陈启明也壮着胆子去约过她几次，据说国贸系的学生会主席还为此发了悬赏令：凡打脱陈某人牙齿一枚者，赏饭票若干；打破其头者，赏烤鸭一只、涮羊肉二斤。最后一次约会是在毕业前夜，在校门口的情缘咖啡屋里，孙玉梅说真热真热，说着就把外套脱了，拿在手里一摇一摇地扇风。后来陈启明终于明白那是一种邀请，但 1991 年的他还懵懂无知，只顾说现代派小说对中国文学的影响。说了半天，孙玉梅叹了一口气，说："我对文学没什么兴趣，你自己一个人在这儿坐吧，我要回去收拾东西，我老乡明天一早要来接我。"说完幽怨地望了他一眼，在清亮的月色中袅娜远去，只留下追悔莫及的陈某人。他当时柔肠百结，差点把嘴唇都咬出血，垂头丧气地倒在椅子上，听见喇叭里唱着："昨夜的，昨夜的星辰，嗯嗯嗯，已坠落……"

一直到 1996 年，陈启明还只有过一个女人。他甚至认为自己对美女已经有了免疫力，再美的女人看上一年，也不过是一只鼻子两只眼，碳水化合物而已，只要构造上不缺什么零部件就行了。再说黄芸芸也真是不错，自己吃不讲究穿不舍得，却给他买了一身名牌，连袜子都是英国的。人总不能样样都占全了，有车有房，有地位有尊严，夫复何求呢？女人嘛，不过是一味作料：加上它，饭香点，但终究不能把它当饭吃吧。

黄振宗就是这个时候怀上的。那时刘元正和程露如胶似漆，咬着铅笔在家里写万言书；韩灵似睡未睡地躺在床上，想起肖然来，有时笑，有时又忍不住地叹气；那时肖然正坐在火车上抽烟，窗外夜色苍茫，偶尔有灯光闪过，像不眠人的眼睛。在深海花园的豪宅里，黄芸芸洗完澡出来，往腋窝里涂了两大把香水，对着陈启明的后背平静地说："来吧，给我个儿子，以后你干什么都随便你。”

黄芸芸初中没毕业，又不读书不看报，搁了几年，连字都不识几个了。她那天在家里打扫卫生，把书架里的书按高矮厚薄重新排了一遍，还在旁边放了一束白色的剑兰，看上去挺顺眼的，跟电视上那些有钱人家里差不多，黄芸芸自己都有点得意，心想陈启明看见一定高兴。那天深锦兴的价格跌了一毛二，金田盘整了几个月，价格一直在十四块左右晃荡，离陈启明的买进价位还差两块多，看得他郁闷无比。垂头丧气地回到家，一看到黄芸芸弄乱了他的书，立刻气不打一处来，想骂上一句，话到嘴边又憋了回去，恶狠狠地瞪了她一眼，一甩一甩地走到书架前，哗哗地把书全扒到地上，然后鼓着腮帮子在那儿生闷气。生完了气，开始按经史子集的顺序重新摆他的书，摆得当当作响，像打墙一样。黄芸芸知道自己做了错事，心下懊悔，凑过去想帮他布置，刚拿起两本书，陈启明就停下手，皱起眉头厌恶地瞪着她，瞪了足足有一分钟，然后一句话都没说，转过去继续哐当哐当地打墙。

黄芸芸一下子僵在了那里，想说点什么，嘴唇张了几次，一句话也说不出来。站了半天，她默默地把书放下，一个人悄无声息地走到厨房里，头顶着橱柜发了一会儿呆，然后开始洗菜切菜，肉切片，藕切块，洋葱切成丝，什么都切完了，她用手擦了一下又小又丑的眼睛，眼泪刷地流了下来。

八

肖然的第二家公司还是做肥皂的，叫安尔雅日化公司，生产的香皂香得能拱翻鼻子，但一擦在身上就掉渣，一块一百二十克的香皂用不上半个月就“化为鸟有”。“化为鸟有”是肖然评价刘元的话，刘元被程露帮着搬了一次家后，身上只剩几百块，只好厚着脸皮找陈启明借钱。陈启明跟肖然提起这事，肖然鄙夷地哼了一声，说：“就你钱多，愿意填他那个无底洞！他啊，活该饿死，他自己的钱呢？都喂了鸟了。”

肖然到安尔雅不到两个月，这家公司就已经快垮了，配方改良了几次，不是擦不出泡沫来就是臭烘烘的，仓库里堆了几百万的破肥皂，白送都没有几个人愿意要。眼看着手里的钱越来越少，老板陆锡明愁得几乎抓破了头盖骨，在办公室里团团乱转，还信誓旦旦地承诺：“谁要是能把这批货处理了，我他妈的立马提他当副总！”

副总一个月一万块，这在以后的深圳不算是高薪，几年之后，肖然公司里一个普通经理都有这个数，他收购凯瑞达时搞了一个项目小组，连里面的打字员一个月都能拿到四千多。但在1995年，一万元的工资对肖然来说还是一块巨大的肥肉。

人的理想往往也是与时俱进的，那时的肖然没想要当个大实业家，能找个好工作、多挣点工资就不错了，“要是一个月能赚一万块，”他对韩灵说，“那是一种什么样的感觉啊，走到街上，肯定看什么都便宜。”

他从肉牛公司走得很不愉快，牛侄儿一天比一天刻薄，先是停了他所有的工作，然后又不断地降工资、扣奖金，到1995年6月，他每月只能拿到六百多，比保安的工资都低。肖然忍气吞声地又干了两个月，一边四处投递简历，一边催要他前期的两笔回扣。宝安信达厂的卫老板还算讲信用，明知道肖然不管事了，还是给了他四千多块。钱到手后，肖然拿着辞职报告找牛侄儿假惺惺地客套了半天，说：“经理我知道你一直怀疑我吃回扣，现在我要走了，就跟你说句实话吧，我到公司快四年了，没占过公司一分钱便宜！我敢用人格担保！”说到这里，肖采购自己都被自己感动了，像风波亭上受刑的岳飞一样，委屈得眼圈发红，“我是穷，但我从来不拿不该拿的钱！”说得牛侄儿大窘，脸涨得像个茄子，刚要辩解两句，肖然已经拂袖跷靴而去，一撇一撇地走向电梯，头昂得几乎顶穿天花板，像一只啄翻对手凯旋的公鸡。

肖然到安尔雅应聘的职位是后勤部经理，又管采购又管生产，一个月两千四百元钱。在日化行业里混了这么久，他现在算是摸到了一点门道：不管产品质量怎么样，只要广告吹起来就能卖钱，正所谓“酒好不如瓶好，瓶好不如吆喝得好”。一瓶卖价四十多元的护肤露，生产成本才两三块钱；一瓶洗发水的生产成本一块多，摆在商场里就成了二十元；老东家雅诗轻兰的减肥香皂零售价七块多，肖然计算得清清楚楚：全部材料工艺加起来也不到一元钱。只要产品对路，再在广告上下点功夫，卖狗屎都能赚大钱。

这几天肖然一直都在想老板承诺的事，想得吃饭咬舌头，走路撞门框，连做爱都三心二意的。有一天他在上面辗转起伏地忙活了半天，累得粗气直喘，韩灵慢慢也找到感觉了，正咿咿呀呀地叫唤，他突然停下来，像中风一样直勾勾地盯着她问：“你说这香皂要是能治阳痿，会不会好卖？”气得韩灵差点背过气去。肖然自己也明白，仓库里的那批货是不折不扣的垃圾，但垃圾也不是不能卖，日化行业向来都有卖垃圾的传统。前几年热极一时的“蒙妮坦换肤霜”就是一个例子，那是一个过气影星代言的垃圾产品，有极强的腐蚀作用，比较适合治脚气。这种能治脚气的化妆品最后找了胡慧中当代言人，胡慧中那时刚拍完《霸王花》，红得黑里透亮，至少是两亿中国男人的意淫对象。肖然一直都记得那个广告：胡慧中摸着自己白胖的脸嗲声嗲气地说：“蒙妮坦，旧貌换新颜。”似乎母猪擦了都能变成双眼皮。几乎是一夜之间，这垃圾就风靡了大江南北，不到一年时间，至少从内地市场刮走了一个亿的利润，虽然后来被罚了六百多万，但钱毕竟赚到手了。这就是成功啊，肖然想："与钱相比，良心算个什么东西呢？这年头，钱才是最大的良心。"

吃完晚饭后，肖然坐在椅子上看电视，抽着烟，皱着眉头，手里按着遥控器，心里比较着壮阳香皂和丰乳香皂的优劣。韩灵在厨房里忙活完了，披着浴巾到卫生间冲凉，一边涂香皂一边哼哼："红茶馆……作你一半，作你生命另一半……"她唱的是咬牙切齿的粤语版，"揍你一半，揍你另一半"，听起来像是女皇军在恐吓抗日将领。

上次因为钟德富和他的两千港币，肖然差点把电视都砸了，老钟如果不是走得快，说不定就要血溅当场、身首异处。关上门之后，醋火攻心的肖某就像一头奓了毛的狮子，在屋子里又蹿又跳，唾沫四溅地发表演讲，每句话都跟刀子似的，捅得韩灵体无完肤。不管她怎么辩解，肖然都一口咬定韩灵这"贱货"被那厮"干过了"。说到恨处，此人兽性大发，一把撕破了韩灵的裙子，非要检查检查钟德富的作案现场。韩灵又气又急，又羞又慌，一边挣扎一边抱怨"你干什么你干什么呀"，肖然撕扯了几把没能得手，心中像炸了一样，突然扬起手，啪地扇了韩灵一记重重的耳光，鼻歪眼斜地骂道："你他妈的给我滚，现在就滚！"

韩灵一下子傻在了那里。脸上发热，身上发冷，心头冰凉，她直勾勾地看着肖然，像完全不认识他一样。肖然行凶之后怒气未息，脸上的肌肉突突直跳，凶恶地瞪着眼前这个面色苍白、气喘吁吁的女人，只见韩灵眼里泪水慢慢涌上来，突然小嘴一扁，哇地哭了出来。一边哭一边撕脱自己的衣服，脱到一丝不挂时，她砰地倒在床上，泣不成声地对肖然说："你看吧，你看吧，我下面还流血呢！"

那天韩灵至少流了一海碗眼泪，哭得痰气上涌，几次都差点昏死过去。肖然知道自己犯了"左倾"冒进主义错误，想赔礼道歉，又拉不下脸来，只是心急火燎地搓着手干站着。直到韩灵打着哭嗝摇摇晃晃地去收拾行李，他才真正急了，一步冲到衣柜门前，两手左右开弓，狠狠扇了自己两个耳光，然后肿胀着脸说："是我混账，我误会了你，你原谅我你原谅我吧。"

韩灵一头扎进他怀里，放声大哭，说："你真狠心，你打我，呜呜呜，还让我滚，你让我去哪里？我身上只有几十块钱。"说得肖然心中酸痛，一把将她搂在怀里，浑身上下一齐哆嗦，听见怀里的韩灵继续哭诉："你不该怀疑我！呜呜呜……我心里只有你！"

我心里只有你。

肖然死后，韩灵偷偷地回了一次深圳。从火车站出来时，太阳已经落山了，她微笑着上了去蛇口的小巴，身上没有零钱，她往投币箱里投了一张二十元的纸币，然后坐在门口，上来一个人她就微笑着提醒一次："请把钱给我，谢谢。"上了滨海大道后，车有些颠簸，她起身给旁边一个老太太让座，说"阿姨你来坐"，老太太感激地拍拍她的手臂，抬起头来想跟她说句什么。那时天已经完全黑了，路边的灯光断断续续地照进来，每个人脸上都浮着一层隐约的雾气，老太太揉了揉眼睛，看见韩灵正面朝窗外微笑，眼里似乎有泪光闪动。

韩灵在深圳待了三天，从粤海工业村慢慢地走到半岛花园再走回来，一直在微笑。四海那家小书店还开着，老板看到她，微微地愣了一下，然后跟她打招呼："好久不见啊。"韩灵微笑着点了点头，左臂下意识地外伸，再慢慢缩回，就像依然挽着多年前那只温暖的臂膀。

最后一天韩灵去了西丽湖，在墓碑前坐了几个小时，一直在微笑。夜幕降临时，韩灵轻轻地摸了摸照片上肖然的脸，说："亲爱的，我回去了，你好好休息吧。"话刚说完，泪水一下子涌满双眼。她背转身，使劲地眨着眼睛，过了半天才转回头来，满脸微笑，对着石碑轻轻地说："我现在全身上下都脏了，但我心里还是只有你。"

广东电视台在重播一台香港文艺晚会，伊能静正伸着脖子笑嘻嘻地唱《悲伤朱丽叶》；深圳台有个娘娘腔正在耍贫嘴；中央一台在播洁尔阴的广告，"难言之隐，一洗了之"；中央二台是一个谈话节目，两个獐头鼠目的学者正教育全国人民要尊重社会公德。肖然看得不耐烦，把遥控器丢在桌上，拿起茶杯想去倒水。刚站起身，脑袋里灵光一闪，一个念头飞快地涌上心头，手里的茶杯再也拿捏不稳，啪地掉到地上摔得粉碎。韩灵在卫生间听着声音不对，隔着门大声问:“怎么了？”话音未落，肖然砰地撞开门冲了进来，站在哗哗喷洒的喷头下，双手摇晃着韩灵的肩膀，浑身透湿地对她说：“有了！我想到了！”

那是1995年10月24日，第二天，肖然注册了“伊能净洁身香皂”这个牌子；两年之后，他就成了千万富翁。

这不是菲茨杰拉德笔下的神话，这就是深圳的历史。2003年春节，陈启明开车带我去西丽湖墓园，在一尘不染的汉白玉墓碑上，肖然似笑非笑地看着平静的水面，两只瞳孔微微收缩，似乎正在害怕什么。陈启明拍拍我的肩膀，说“他这一生啊”，然后叹了口气，没再继续说下去。这时候肖然已经死了半年，他的公司已经解体，他名下的财产一部分捐给了希望工程，另一部分还在打官司。

离开墓园的时候下了点小雨，从车窗里往外看，墓碑上的一张张脸模糊而遥远，就像岁月流转时那些深深的暗影，遮住了所有悲欢。而那些死者，他们的一生，也许只是一句来不及说完的话。

九

韩灵是在性骚扰中长大的。她发育得比较早，十四五岁时胸前就颇有规模，公车上经常会遭遇有预谋的顶擦和抠摸。东北治安比较乱，流氓们猥亵起妇女来也是肆无忌惮。有一次韩灵去看电影，散场时被两个家伙挟持了一路，人很多，她既不能叫又不能喊，只好听任那两只肮脏的手在自己腿上、胸前乱摸乱捏，心里又愤怒又屈辱，刚出电影院大门，两行清泪就从小脸蛋上滚滚而下。

这种事永远无法对妈妈说，否则不仅得不到抚慰，赶上“严打”还可能挨一顿鸡毛掸子。韩灵的老娘脾气暴躁，也不大讲理，在她的概念里，骚扰从来都是招来的，苍蝇不叮没缝的蛋，“你不卖弄风骚，人家就会平白无故地碰你？”这样韩灵一下子就从受害人变成了犯罪同谋。面对老娘法官夹枪带棒的审判，韩犯灵无言以对，只好溜回自己的小屋长吁短叹，珠泪暗垂，怎一个哭字了得。

这大概是她性冷淡的主要原因。跟肖然同居了两年多，她从来没在床上快乐过，第一夜很刺激、很兴奋，也不像传说中那么疼，但就是不舒服。打胎之后，她有一段时间极其干涩，肖然每一次闯入对她而言都像是受刑，疼得眉头紧皱，五官扭曲。行刑人肖某分不清那是快乐还是痛苦，有时还要雪上加霜地问上一句:“好不好？”韩灵咬着牙点头,心中不知是悲是喜。

生活大概也是这样吧，有时候高兴，有时候难过，但更多的时候是不自由、不舒服，甚至疼痛难忍。肖然抚摸着韩灵问:“你怎么总闭着眼？”韩灵笑笑想:“闭着眼，疼得就会轻点。”

韩灵刚到深圳时，肖然给她起了个外号叫“小棉袄”，“小棉袄，走，散步去。”“小棉袄，过来抱抱。”不管韩灵当时在做什么，只要听见这三字咒语，立马就会停下手，顺从地挽起他的手臂，或者像只小猫一样拱进他怀里，头伏在他肩上，双手紧紧搂住他的腰,像少女一样羞涩。“我是你的贴心小棉袄”,她在心里喃喃自语。

“小棉袄，过来抱抱。”韩灵下意识地张开双臂。最后一次听这话是什么时候？感觉像是已经隔了一个世纪。从什么时候起，这个外号不再被提起，生活变得无言以对？又从什么时候起,睡前没了拥抱,醒来没了亲吻,一切都变得那么平淡无味？

肖然出差了，肖然回来了，肖然辞职了，肖然赚钱了。韩灵还是像往常一样生活，上班下班，买菜做饭，猪肉六块五一斤，油麦菜两块钱一把，房租九百一个月。刘元定期打电话来，该说的说，不该说的不说，免得他东想西想。钟德富有时候开车送她，谈谈天气，谈谈工作，加工资当然是好事，不过肩膀上那只咸猪手也不大好对付，她扭动一下身体，让那只手滑开，然后笑着问："钟总，您儿子该上大学了吧？"有一次在地王大厦门口，一个大学生模样的小伙了面红耳赤地走过来，说："嗨，我注意你很久了，交个朋友好吗？"那一刻，韩灵感觉自己的心轻轻地跳了一下，眼前这个脸蛋红红的小家伙，多像几年前的肖然啊。

肖然出差四十多天了。他现在是伊能净洁身香皂的品牌总经理，"洁身自好，一炎不发——伊能净洁身香皂"。想出这个创意那天，此人兴奋得像一只热水里的蛤蟆，又蹦又跳，又说又唱。"韩灵你坐好，听我说——伊能净洁身香皂，富含多种生物酶，能有效除菌，迅速杀灭侵入皮肤表层的各种微生物——好不好？"韩灵啪啪鼓掌，过了一会儿，肖然摇摇头把自己否定了，"伊能净洁身香皂，温和除菌，杀灭病毒，保您一身轻松。"韩灵说："杀灭病毒太狠了，听着让人害怕，还不如说能防止发炎什么的呢。"肖然一下子静了下来，站了有大约一分钟，他腾地跳过来，在韩灵后背上狠狠拍了一巴掌。韩灵刚喝了一口水，立刻大声咳嗽起来，听见肖然一连声地在耳边嚷嚷："就是它了！洁身自好，一炎不发，伊能净洁身香皂！"

"伊能净"的商标是蓝白相间的颜色，一只鸽子沐浴在泉水中。商标持有人是深圳天迪实业公司，法定代表人黄仁发。肖然 1995 年注册的时候花了一千多元，1999 年天迪公司把这个商标转让给肖然，他给了陈启明两百万。陈启明拿着支票很不好意思，说："这个不大好吧，我怎么能赚你的钱。"那是在彭年酒店的旋转餐厅，肖然和陈启明相对而坐，在繁华的深圳夜空缓缓地盘旋而过，窗外的灯火忽明忽暗地照在他们身上，每个人眼里都像飘浮着一层蒙蒙的雾气。肖然喝了一口咖啡，慢悠悠地说："这钱是你应该得的，这个商标现在值两个亿，但当年如果不是你帮我，我就注册不下来。"

这是实话。1995 年时不允许个人注册商标，要一直等到 2001 年，《商标法》才在这方面有所调整。1995 年的陈启明也没想到，他帮的这个忙会有如此大的价值，那时他还有点看不起肖然，"瞎折腾什么呀，"他想，"你注册个破商标就能发财了？你随便挖两锹就能抠出金子来？人哪，还是得务实才行。"1995 年的肖然心中也很没底，那天早上他和韩灵分头行动，韩灵去工商局排队核名、拿表格，肖然去找陈启明拿执照和印章。临分手的时候韩灵问："万一将来陈启明起了坏心，怎么办？"肖然想了一下，叹口气，说："那也只有认命了。"

肖然出差后，韩灵身体一直不大好，先是淋了点小雨，感冒发烧，走路没力气，吃饭没胃口，头上像戴了个箍。她请了两天假，在家里哼哼唧唧地养病。那时韩灵已经当上了老钟的秘书，专门负责安排他的起居饮食。1996 年是个好年头，市场繁荣，百业兴旺，老钟倒卖钢铁、倒卖原料、倒卖服装，除了人口和军火，没有他不敢倒的东西，每天哗哗地往口袋里搂钱。公爵王有点旧了，索性给了二奶，花几十万港币买了一辆奔驰 560，每天在深圳大街上风驰电掣，很有点睥睨天下的意思。

自从上次见识了肖然的万丈怒火，老帅哥钟德富收敛了一段时间。生意人和气生财，再大的老板被砍上几菜刀，也是一堆烂肉，所以他告诫自己一定要谨慎，多交朋友，少结冤家，不能因为小脑袋掉了大脑袋。再说老钟身边从来也不缺女人，韩灵的前任，那个叫任丽丽的湖南女孩，就曾经是他明铺暗盖的情人。此情人毕业于南开大学英语系，高大丰满，武功超群，就是有点过于功利，自从在办公室被老钟解开裤带后，就不断地跟他要这要那。老钟送宝姿时装，送古驰皮包，送倩碧口红，送名贵腕表。1995 年摩托罗拉大哥大卖一万两千多，老钟一下买了好几个，送亲戚送朋友，还专门给任丽丽留了一个，但还是满足不了她，每次一碰她的裤带，任丽丽就建议给她买一套房子。那房子老钟亲自去视察过，背山面海，价值九十几万，他盘算了又盘算，觉得这买卖没赚头，同时也渐渐腻歪了任丽丽的肉身，于是就愤然炒了她的鱿鱼。

韩灵最重要的一项职责就是陪老钟出去应酬，几个月里，她见过脑满肠肥的政府官员，见过身家亿万的大老板，喝过三千多一瓶的酒，吃过一千多一盅的极品官燕。韩灵酒量不错，还非常细心，要带什么文件，点什么菜，喝什么酒，只要交代一次，她就会办得妥妥帖帖，所以渐渐成了老钟在交际场上的护身符，一刻都离不开。

那天要接待的是广州一家国营房地产公司的老总，老钟仓库里积压了一批劣质建材，正打算处理给他们。在内地市场历练了几年，钟德富逐渐形成了自己的商业理念：买东西要便宜，一定要找私企，私企成本低；卖东西要赚钱，一定要找国企，国企缺心眼。跟国企做生意只有一个规则，就是把人搞掂。搞掂了人，什么都好说，货差点、烂点，没问题；交货时间晚两天，没问题；结算时多报上点运费、保险费，还是没问题。而且几乎没有不能搞掂的人：大多数人都爱钱，可以用钱将之击倒；不爱钱的，给他送女人；又不爱钱又不好色的，可以安排他的子女去国外读书。既不爱钱又不好色、又没有子女的国企领导，钟德富从来都没遇见过。

今天要接待的这位老总既爱钱又好色，钟德富准备了一个八万元的红包，又联系了一位在深圳跳舞的俄罗斯小姐，这位国际友人消费一夜的价格是六千元人民币。一切都安排妥当了，还是觉得少了点什么，于是就打韩灵的呼机，问她身体好点没有，能不能参加晚上的腐蚀工作。

韩灵在家里歇了两天，正感觉有点恐慌。深圳是一个残酷得没有余地的城市，对普通打工仔而言，生病是一件太奢侈的事，一天不上班就意味着一天没有饭吃。还有一个原因是“大姨妈”迟迟没来，自从上次打胎之后，她的月经就一直不准，但误差从来没超过十天。这些日子韩灵总垫着卫生巾，每过几个小时翻看一下，但卫生巾却始终都像广告中说的那样雪白舒爽。呼机响起时，韩灵正坐在马桶上忧郁地摸着自己的肚子，心里惨叫“完了完了”。

那时肖然正在武汉的汉正街市场，他和日化行业四大家族之一的王威远签了一份经销合同，第一笔订单就是一百万。肖然强忍心中的狂笑，把样品、宣传单页、合同一样样收了起来，表情十分严肃，说：“王总，谢谢你的支持，晚上你选地方，我请你好好喝一杯。”根据他和安尔雅的协议，伊能净品牌的每一笔销售，他都可以提成百分之二十，“二十万啊，”肖然在心里想，“我他妈的终于，终于成功了。”

肖然这次走了十几个城市，先到广州，在兴发广场转了两天，也没能找到一个客户。经销商一开口就问他能给多少铺底货，能上多少钱的广告，问得他黯然低头。给铺底货物是日化行业的通用规则，就是厂家先供一批货，经销商把这批货出手后再进下一批，相当于一笔无息贷款，玩的都是厂家的钱，这与安尔雅的“国情”严重不符。公司家底他是知道的，不仅没钱上广告，恐怕现在连工资都不一定发得出来。陆锡明说得好：“你要能把钱骗回来，咱们就发财，否则，大家一起死吧。”离开广州后，肖然又到了南京、上海和义乌，浙江义乌有个巨大的小商品批发市场，肉牛公司的香皂在这里一年能卖几百万，肖然费尽心思，只拿到十万元的订单，赚的两万元也就刚够差旅费。

跟王威远吃完饭出来，肖然沿着大街慢慢地往回走，越走心里越高兴：二十万啊，装在皮包里，那就是满满一包；糊在墙上，可以糊满一间屋子。王威远说如果广告能跟上，光武汉一个市场，他一年就能卖一千万，那样全国至少可以卖一个亿。“天啊，我就这么成了千万富翁！”肖然忍不住大喊了一嗓子，路上行人纷纷侧目。路边有一个公用电话摊，他几步走过去，拨通了韩灵的传呼机，对接线小姐说请呼 27978，让她速回电话。

韩灵的呼机是他给买的，一千七百块，第一代摩托罗拉汉显传呼机，别在腰上像挎着台电视机，走夜路可以拿着防身。肖然把呼机递到韩灵手中时说：“你要答应我，不管什么时候，不管跟谁在一起，都要及时回我电话。”

呼机响了几次，都被震耳的乐声掩盖了。老钟搂着韩灵在舞池里慢慢挪动，旁边风骚美艳的俄罗斯小姐不时发出咯咯的浪笑，广州来的张总紧紧地箍着她，恨不能隔着多层衣服把她刺穿，还不时回头跟老钟发表感想：“白种人，皮肤真他妈糙，劲儿真他妈大。”韩灵扭头看了一下那个力大无比的白种猛将，包房幽暗的灯光下，她淡蓝色的眼珠闪着冷冷的光，她是普希金和高尔基的同乡吗？

把张总和国际友人送上楼，韩灵觉得自己的头也有点晕，她那天喝了十几杯，胃里火烧火燎的，像装满了烂草和粪便的沼气池。老钟喝得也不少，醉醺醺地把领口松开，腆着肚子坐回沙发上，说："小韩咱俩合唱一首。”韩灵看了看表，都快十二点了，心下就有点不大愿意。不过老钟既然开了尊口，也不好驳回，就说："钟总您点吧，唱完这首歌我就去买单。”

韩灵大二那年参加了一次歌咏比赛，比赛取前十名，她正好是第十一名，落选的天王巨星。名次公布后，韩巨星十分沮丧，拉着肖然的手在校外小路上踱步，心情像一首走调了的月光小夜曲。走到一棵法国梧桐树下，肖然拥她入怀，贴着她的耳朵说："别难过了，那些评委都是猪脑袋，在我心里，你永远都是最好的。”说得韩灵心情豁然开朗，抓着他的手，在清亮的月亮地里一甩一甩地大步前行，一边走一边唱："真情像梅花开过，层层冰雪不能淹没，总有云开日出时候，看见春天走向你我……”

“爱似秋枫叶，无力再灿烂再燃，爱似秋枫叶，凝聚了美丽却苦短……”老钟突然一把将她搂过来，右手粗鲁地在她胸前搓摸，麦克风啪地掉到地上，跳了几下，从她脚边慢慢滚过。韩灵奋力挣扎，说“钟总别这样别这样”，越说老钟将她搂得越紧，一条腿从她两腿之间生硬地挤进来，顶得她小腹酸痛，双脚离地。挣扎了几下挣不脱，韩灵急了，大喝一声:“我不！”趁老钟微一分神，她腾地跳出圈外，推开门就向外走，下楼梯时不小心撞了一下，疼得她眼泪刷地流了下来。在侍应生和坐台小姐们诧异的目光中，韩灵一边流泪一边在心里喊：“肖然，你在哪里，在哪里？”

深夜的武汉街头，一个戴眼镜的小伙子正踽踽独行。路边有个空可乐罐，他上去踢了一脚，可乐罐哐当飞了起来，在灯火阑珊的长街上跳了几下，无声无息地滚进路边的臭水沟里。

十

刘元公司里有一个日本“太君”很喜欢打麻将，每周末都会组织一次牌局，筹码是五十、一百、两百的，一局下来总会有几千块输赢，这对财主来说，也就是玩玩，算不得真赌。刘元不喜欢赌，但这种巴结上司的机会也不愿错过，就经常去端茶倒水伺候牌局，三缺一的情况下也上过两次。他牌打得臭，心理素质也不好，别人一听牌他就哆嗦，越害怕就越出铳，几次都被打得清袋。一来二去的，他和鬼子们就混熟了，运动项目不再限于麻将运动。鬼子们远渡中国，几个月回一次家，也是比较寂寞，刘元跟他们打过高尔夫，玩过保龄球，在小梅沙踢过沙滩足球，更多时候是带他们出去嫖女人。

刘元的卖国行为遭到肖然的猛烈抨击，和陈启明说起此事时，肖然第八百次引用了他自己的名言：“日本鬼子要是再打进来，这王八蛋肯定第一个当汉奸。”

到 1996 年，刘元已经不怎么恨肖然了，在深圳这个城市，爱情本来就是一件浅薄的事，因为爱情而生的仇恨，当然就更不值一提。六月十七日是刘元的二十六岁生日，他在电台给自己点了首歌，花二十块买了个小蛋糕，然后灯也不开，躲在黑影里静静地听，窗外的灯光幽幽地照进来，整间屋子显得空旷而孤清。刘元听着歌，吃着蛋糕，突然想明白了一件事：他其实并不一定爱韩灵，他只是不服输而已。当无数肉体在他床上横陈扶疏，当无数女人从他身下纷纭地退去，他忽然发现，自己这些年孜孜以求的爱情，不过是一种虚妄，就像狗虽然奔跑追逐，但并不爱任何一块骨头——它只是想咬一口，或者，仅仅是不想让别的狗得逞。而韩灵这块骨头之所以显得比较大，不过是因为有两只狗在同时追逐。她没有那么漂亮，而且，刘元摸着自己胡须微张的下巴想，她已经老了。

从那以后，他再没跟韩灵主动联系过，几次都是韩灵呼他。深圳是一个快节奏的城市，职场的基本规则又是敬业勤勉，刘元把全部精力都投到工作之中，一天工作十个小时以上，写字写得手上生老茧。日本企业有一条不成文的规则：领导一定要比下属早到，一定要比下属晚走。刘元虽然不是最高领导，却总是第一个上班、最后一个下班。他分管行政工作，几年下来，成绩斐然，光办公用品一项，至少为公司节约了几十万，这是实打实的业绩，谁都不敢忽视。工作和嫖娼之余，他还搞一点管理研究，先后在《职业经理人论坛》和《商潮》杂志上发表了几篇长文：《管理就是怀疑人》《论合资企业的管理机制》《管理三要素：责任、程序和标准》等等，渐渐成了业内小有名气的管理人才。

1996 年 9 月，刘元被派回日本总部培训一个月。培训结束那天，公司安排温泉浴，刘元花一万日元找了一个女人。封闭培训了一个月，把他憋得够呛，再加上甲午战争以来的国仇家恨，刘元表现得特别亢奋，从东京时间深夜两点一直折腾到天色微明，让那个穿一身学生装的日本小姑娘惨叫不已。当第一线阳光照在富士山顶时，刘元冲刺结束，在她屁股上狠狠掐了一把，皮笑肉不笑地说："你的，良心大大的坏了，死了死了的有！"

那一万日元是他在日本培训期间的全部零用钱。回国的飞机上，别人都大包小包地带各种家用电器，照相机、录像机，有个胖家伙甚至背了一台大电视，只有他孤零零地提着一个小包走在人群中，像是没讨到饭的叫花子。快到上海时，他看着前排一对情侣亲亲热热的背影，忽然想起了韩灵，心里轻轻地疼了一下。

韩灵和肖然好上之前，有一段时间曾经和刘元非常亲密。有一次辽宁老乡聚会，大家都喝了不少酒，散会后他送韩灵回宿舍，两个人在路上挨得很近，肩膀不时碰到肩膀，满天星光下，韩灵微红的脸庞分外诱人，那一刻他很想抱她一下。如果真的伸出了手，结果会怎么样？女生宿舍到了，韩灵要上楼了，刘元站在门外看着她的背影发呆。韩灵走了几步，突然转过身，对着他微微一笑，那时星光皎洁，刘元脑袋像被什么东西撞了一下似的，感觉满天星光都照在自己身上。

毕业时，刘元故意在学校多待了两天，临走那天韩灵去送他，两个人从学校一直聊到车站，谈鞍山，谈学校，就是不谈肖然。火车徐徐开动时，刘元站在车门里挥手，微笑，心里有点异样的难过，那时的韩灵在想些什么？她就站在车窗外，微笑，挥手，一脸幸福。背过身去的一刹那，她眼里闪闪地亮了一下，那是眼泪吗？

韩灵打胎后，他偷偷去看过她一次。韩灵站在门口，笑容可掬地说着什么，肖然一脸严肃地站在她身边。从刘元的角度看去，她像是老了十岁，面色憔悴，头发蓬乱，这就是当年星光下微笑的那个女子？

飞机降落了，发出震耳的轰鸣声，刘元双眼紧闭，对那个星光下的笑容说，不管怎么样，你都曾经是我的理想。

那时韩灵刚和肖然吵完架。在一起同居三年，彼此之间越来越熟悉，但似乎也越来越陌生。在烦琐的生活细节中，在一次次的争吵和沉默中，一切好像都变了，甜言蜜语不再提起，拥抱和亲吻越来越少，连做爱都没了激情。曾经深信不疑的山盟海誓，现在看来都像经不起推敲的玩笑，你不是说要一生一世吗，为什么连吃饭这么小的事都不能迁就？对外人尚且能够容忍，为什么在最亲爱的人面前，一点点不如意都会大吵一通？有一次韩灵把饭烧煳了，铲出来两碗焦炭似的锅巴，他吃了两口就开始嘟囔，说你怎么连顿饭都做不好。韩灵心里也不痛快，回了两句嘴，说我都能凑合吃下去，你一个大男人，怎么这么爱唠叨？然后就吵了起来，越吵火气越大，连陈年老账都翻了出来。肖然历数韩灵历史上的种种恶行，比如跟刘元的不三不四、跟他们班李向东的勾搭连环等，说着说着就跑题了，还拍着桌子发表断言："你他妈的从来就是个贱货！"韩灵满脸通红，说："对，我当然是个贱货，要不然怎么会跟你来深圳？要不然怎么会为你打胎？要不然，"她的眼泪一下子涌了出来，"刚打完胎你就打我，你还是不是人你？！"说得鼻涕一把眼泪一把，整整哭了两个小时，饭都没顾上吃。天亮前浅浅地睡了一会儿，醒来后泪眼不干，看着旁边呼噜震天的肖然，她忽然心酸起来，想这还是不是当初那个手执玫瑰，声称愿意为自己死一千次一万次的男人？

这大概就是所谓的"三年之痒"吧。三年了，爱情渐渐消磨，恩爱没有了，欢笑没有了，甚至连疼痛都没有了，只剩下难以忍受的痒。一切令人心动的优点都慢慢变成缺点，从猜忌到仇恨，从冷漠到厌烦，每一次争吵都会使裂痕更大更深，不可修补，无法弥合，这还能叫爱情吗？

那是肖然从武汉回来的第二天，晚饭后两个人散了一会儿步，不知不觉就说到了她的肚子上。按照韩灵的意思，肖然反正也赚到钱了，养家糊口已经不是问题，所以坚持要生下来。一说起这个肖然就不耐烦，脸一下子沉了下来，跟她分析目前的形势，说着说着，忽然心里一动，阴恻恻地冒出一句话来：“我问你，那天晚上你干什么去了？为什么不回我电话？”

战争就是这么引起的。韩灵不住声地辩解，说：“当时正在陪老板应酬，确实确实没听到。”这老板本来就是肖然的一块心病，再说韩灵那两天明明请了病假，怎么又去跟他搞在一起？越想问题就越多，口气也越来越严厉。韩灵快急哭了，喉间一阵恶心，弯着腰呕呕地吐了半天口水，肖然冷冷地站在旁边，怎么看怎么觉得她是心虚装的，一个念头在脑子里噼噼啪啪地乱蹦，憋了半天，终于脱口而出：“说吧，韩灵，这孩子到底是谁的？”

刘元回到深圳，已经是深夜，经过黄岗食街时，他在路边选了一个高大丰满的东北姑娘，搂着她穿过灯火通明的街市，回到空旷而孤清的家。进门时，桌上的呼机嘀嘀响了两声，无声无息地静止在无边的黑暗里。刘元打开灯，看了一下信息，韩灵说：“我心里很难受，能不能跟你说说话？”刘元笑了笑，随手把呼机扔进了抽屉，然后脱了衣服，躺到那个姑娘身边，望着窗外的满天星光，笑眯眯地说：“来吧。”

窗外星光皎洁。多年之前，就是在这样的星光下，韩灵转过身来，对着他微微一笑。

十一

黄振宗长得很可爱，白白胖胖的，见了谁都咯咯地笑。黄芸芸叫他小靓仔、小猫猫、小鸟蛋，她没什么文化，想象力也有限，几乎把所有能看到的小动物都用在了儿子身上。“小靓仔，笑一个。”黄振宗咯咯地笑。“小猫猫，叫妈妈。”小猫吧嗒吧嗒嘴，呜呜地叫。黄芸芸开心死了，额头顶着他肉乎乎的小鼻子，眼里笑出了泪花。

那年黄芸芸二十五岁，正是姑娘们疯狂打扮自己的年纪。生完孩子后，黄芸芸就放弃了修饰，不化妆、不戴首饰，有时候连头都忘了梳。她给儿子买两百六十多块钱一筒的奶粉，买最贵的小衬衫、小裤裤，却一年到头也不为自己添置一件衣服。陈启明每次回家，都能看到她坐在摇篮前，跟那只粉嫩的小动物说呀、笑呀，不知道怎么那么开心。

坐完月子后，黄芸芸又胖了一点，脸更黑了，鼻翼两侧多了些半红不红的斑点，看起来越发吓人。好在家里房子够大，陈启明借口黄振宗夜里哭得烦人，自己到书房搭了一张床，每天吃完晚饭后，逗儿子玩两分钟，就钻进房里看书，在电脑上看 K 线图，除了倒水和上厕所，轻易不出来。

他几个月没和黄芸芸同过床了。性是个大问题，他在老街的影碟店里买了不少黄碟，一到夜深人静就把自己关在房里，一边看黄碟一边自慰。有一个片断是讲奸尸的，两个盗墓人把一个刚入土的年轻姑娘扒出来，剥光衣服后，兽心大起，轮流扑上去锻炼身体。陈启明每次一看到这里就控制不住。他住的是深海花园的豪宅，有两百多平方米，一关了灯，房里就显得空旷而冷清。陈启明轻轻地喘息着，听着隔壁隐隐传来的黄芸芸哄儿子的声音，看着屏幕上鬼气森森的画面，心里总感觉凉飕飕的。

有一次他刚解开皮带，黄芸芸就在外面咚咚地擂门，他厌恶地关上电脑，打开门，看见黄芸芸抱着儿子疯疯癫癫地冲了进来，慌慌张张地说："启明，不好了不好了，儿子今晚一直不说话，你看看他是不是病了？"

那时陈启明把父母也接来深圳了。黄芸芸这么一喊，把一家老小都吵了起来。陈启明摸了摸黄振宗的额头，好像有点低烧，对黄芸芸说："是病了，咱们马上就送他去医院。"

那天夜里陈启明第一次怜惜起妻子来。护士往黄振宗的小屁股蛋上扎了一针。黄振宗疼得哇哇哭。黄芸芸抱着他哭得更厉害，吭哧吭哧地，眼泪鼻涕糊了一脸。陈启明不耐烦，冷着脸说："这还没什么事呢，你就哭成这样，要是他真有点什么事，你还不得哭死啊。”话音刚落，黄芸芸嗷地号出了声，一边哭一边死死地抓着陈启明的胳膊，抠得他皮肉生疼。陈启明厌恶已极，粗鲁地掰开她的手指，像骡马一样喷了个响鼻，刚转过头，就发现黄芸芸正可怜巴巴地望自己，眼睛红红的，泪水刷刷地往下淌。陈启明心跳了一下，不由自主地感动起来，一把将她搂进怀里，看着她乱蓬蓬的头发，心想，我不爱你，但你毕竟是我的妻子。

1996 年底，深圳股市实行“T+1”交易制，当天的买盘不能当天出手，必须隔日交易，股市应声狂泻，大盘绿成一片。陈启明虽然早就知道这个消息，但没有及时抛盘，轰隆一声就被套了进去，几天之内，他的股票就缩水了百分之五十以上，折算成货币，至少是八九十万，他自觉无颜面对老丈人，意志一下子消沉起来，股市停盘以后也不立即回家，开着夏利到处晃悠，每天都把自己灌得醉醺醺的，有一次在路上还差点撞了人。

那时候肖然已经赚了几百万，在蛇口半岛花园买了一套三居室的房子，打开窗就能看见大海。整个 1996 年，他几乎全在外面出差，钱赚了不少，跟韩灵的关系却越来越僵。每次一回深圳，他就要盘问韩灵这些日子的行踪，都去哪了，跟谁在一起，吃的什么喝的什么，跟谁上过床。韩灵耐着性子辩解，越辩解破绽就越多，怀疑一层层地堆积起来，渐渐就成了仇恨，一点小事都能引起一场大战，吵得天昏地暗，吵得满楼不安，吵得碎片遍地，连电视都砸了。有两次肖然还忍不住动了手，一个降龙掌甩过去，韩灵立仆，趴在床上哭得几乎昏死。吵完了哭完了，有时也会后悔，拥抱着互相作检讨，想起当年的恩爱时光，两个人都哭得一塌糊涂。战争间隙也有零星的恩爱，韩灵挎着那条被她咬伤的胳膊，逛街、买菜、到四海那家小书店里淘书，间或相视一笑，目光中情意无限，但一背过身，心里总是一阵阵地发冷。

1996 年 12 月 30 日，肖然到成都出差，住在锦川宾馆，晚上去桑拿房转了一圈，花一千二百元叫了个女人，那是他第一次嫖娼，有点紧张，有点慌乱，几次都不能成事。那个姑娘很漂亮，皮肤细嫩，笑靥如花，耐心地辅导他做完了功课，拿着钱笑吟吟地往外走，刚打开门，就听见背后扑通一声，她转过头，看见肖然一丝不挂地趴在床上，脸深深埋进枕头。灯光幽幽地照下来，肖然浑身洁白，一尘不染，像个受伤的天使。

"韩灵，我们结婚吧。"

韩灵在电话里的声音听起来格外遥远："你怎么了？怎么突然说起这个来了？"

"不知道……我今天特别想你……我们结婚吧。"

电话断线了。肖然头顶着墙，听见话筒里传来沉闷的嘟嘟声。

1996 年 12 月 30 日，深圳街头隐约传来鞭炮声。刘元坐在灯下，一张脸像纸一样白，他下身瘙痒了十几天，一直没当回事，今天仔细检查了一下，终于发现了问题：在他两腿之间，一个个小水泡像蓓蕾一样攒簇在一起，晶莹剔透，红艳美丽，像宝石一样闪闪地发着光。

1996年12月30日，陈启明醉醺醺地走在街上，迎面走来一个似曾相识的美女，他犹豫了半天没敢认，刚擦肩而过，就听见身后有人问："陈启明，你连我都不认识了？"

孙玉梅2002年在女人世界、丽人世界、新大好和海雅百货承包了十几个柜台，有的卖化妆品，有的卖时装，生意做得风生水起。但在1996年，没人知道她都干些什么。2002年她有个搞IT的老公，有个两周岁的女儿，每天忙完了生意，就在家里相夫教女，连手机都不开，贤惠得一塌糊涂。但在1996年，她这样对陈启明说："真是贵人多忘事啊，你发了财，连老同学都不认识了。"

陈启明激动得满脸通红。"是你啊是你啊，"他大声说，"孙玉梅，我一直都在想你！"孙玉梅笑得跟花儿一样，撒娇似的说："陈启明，请我吃饭！我饿了。"

远处隐隐约约传来鞭炮声，一辆红色夏利从灯火通明的街市上穿行而过，灯光照进车里，车里漂浮着一层幸福的红雾。陈启明借着酒劲，轻轻拍了一下孙玉梅的手，问她："你结婚了没有？"孙玉梅翻过手掌，跟他的手握在一起，说："我离婚快两年了，你呢？”陈启明双眼一下子黯淡下来，叹了一口气，说：“我都有儿子啦。”

1996年12月30日，街上隐约传来鞭炮声。黄芸芸一边吸地，一边回头逗儿子:“小猫猫，叫妈妈。”小猫吧嗒吧嗒嘴，呜地叫了一声。黄芸芸开心死了，抛下吸尘器，力大无比地把他抱起来，咯咯笑着在空中抡了一圈。

十二

“先介绍一下你的基本情况吧。”

“我叫陆可儿，二十三岁，1996年武汉大学毕业，文秘专业，没什么工作经验。”

肖然不动声色地摇了一下头，主考官周振兴拿起笔来，在陆可儿的简历上做了个记号，然后叫：“下一个！”

陆可儿不死心，搓了搓手，可怜巴巴地问周振兴：“我是不是没希望了？”周振兴彬彬有礼地回答：“请回去等消息，如果被录用，我们将在一周之内通知您。”

陆可儿砰地站起来，一张粉脸涨得通红：“没希望直接告诉我好了，用不着这么虚伪！”吼得四座皆惊。肖然笑了，招招手让她坐下，说：“对不起，陆小姐，我们这个职位需要三年以上工作经验，您不太符合要求。”陆可儿瞪他一眼，说：“你就是老板吧，我看出来了。工作经验工作经验，谁是一生下来就有的？工作经验就能代表工作能力吗？工作经验就能代表一切吗？”她眼泪都快挤出来了，“你们不过是个小公司，不培养自己的人才，拿什么跟别人竞争？”

那是1997年3月，君达公司刚刚成立。五年后，在君达实业集团董事长办公室里，陆可儿和肖然大吵了一架。陆可儿说："你算算我这些年帮你赚了多少钱，没有我，你能收购凯瑞达？能拿下奇峰？没有我，你能过得了证监会那一关？没有我，你早就破产了！"肖然摘下眼镜在衬衫上擦了擦，冷冷地刺了她一句："你怎么不说你当初应聘时什么模样呢？要不是我把你招进来，你会不会饿死？"说完戴上那副价值五千美元的玳瑁眼镜，慢悠悠地走了出去，一边走一边警告她，"别高估了自己，陆小姐，离开君达公司，你照样什么都不是。"

君达实业公司成立时只有三个人，肖然、韩灵、周振兴，肖然当总经理，韩灵管钱，周振兴当人事经理。公司在蛇口一栋商住两用楼的二楼上，一百七十平方米，租金一年六万块。这地方离肖然住过的蓝园公寓不远，从窗口望出去，蓝园还像五年前一样喧嚣混乱，有人笑，有人哭，有人望着天花板叹气。每当夜幕降临，总会有些面目可疑的女郎走出来，走过挂满乳罩内裤的楼道，走过肖然1991年的门前，袅袅婷婷地消失在1997年的夜色里。五年了，似乎一切都没变，而那个穿廉价衬衫、吃四块五一碗牛肉面的家伙，在时光中转了个身，忽然就成了百万富翁。这种变化经常会让肖然感到眩晕，想这究竟是真的还是假的，这一切，会不会只是一场繁华而空虚的梦？

1996年，伊能净香皂一共销售了三千三百万，肖然把六百多万提成拿到手，找陆锡明长谈了一次。那时中央电视台正在放“伊能净”的广告：“洁身自好，一炎不发，伊能净洁身香皂，您的最佳选择。”肖然看后笑了一下，对陆锡明说：“陆总，咱们合同到期了，你把伊能净还给我吧。”陆锡明正想跟他畅谈1997年的销售计划，一听此言，如被雷轰电打，立刻呆在了那里，结结巴巴地说：“你怎么能这样，这这这不是过河拆桥吗？”肖然狞笑，拿出那份《合作协议》，说：“你要搞清楚，这商标是我的，只不过借你用一年。而且，至少帮你赚了两千万吧？”说完起身离去，姿态异常潇洒，像戏台上足登高屐、水袖飘举的花旦。快到门口了，他又转过头，笑嘻嘻地对陆锡明说：“有一件事我得提醒你：过河拆桥，这是商场的原则。”

那年肖然只有二十六岁。两年之后，他找工商局和公安局抄了陆锡明的安尔雅公司，因为安尔雅生产假冒伪劣的伊能净香皂。抄家那天陆锡明脸都白了，抓起电话破口大骂，说：“肖然你他妈的给我小心点！”肖然笑笑挂了机，对旁边的赵伟伦说：“你要是能把陆锡明弄进去，我再给你五十万。”赵伟伦谄媚地笑着说：“肖总，这事不能乱来，我们公安局也得依法办事。”肖然把手里的派克金笔啪地扔到桌上，轻蔑地看着面前的一级警督，说：“去你妈的，少跟我唱高调，一百万！”

一百万摞在桌上，差不多有一米高。雇凶杀人，可以杀几十个；call（叫）女模特可以call（叫）一百多个，挤满一屋子。

肖然对韩灵说："你这样的女人，我随时可以找来一大把，想滚你就滚吧。"

韩灵晃了两晃，咚地坐到地上。外面起风了，微风掠过灯影摇曳的街市，满城枝叶婆娑，就像梦中的叹息。

"说，喜不喜欢我？"

韩灵脸红了，低着头站在哪里，手心出汗，嘴唇哆嗦，一句话都说不出来。

肖然长吁一声，作佯败状："不喜欢算了，我回去了。"

韩灵猛地扑进他怀里，双手紧紧地搂着他的腰，声音低得只有鼻子才能听见："我喜欢……喜欢。"

"喜欢我？"

"嗯……喜欢。"

肖然兴奋极了，拿嘴在她脸上到处拱，拱过额头拱过鼻子，终于对准了目标，两个人笨拙地亲了起来，亲了足有两分钟。韩灵憋不住了，猛地抬起头，仰望长天，幸福地叹了一口气。星光下，她脸上的唾沫像水银一样闪着光。

那是1990年的仲夏，繁星满天，草木葱茏。一对男女紧紧地拥抱，偶尔低语，偶尔微笑，偶尔幸福地叹气。微风从灯影摇曳的街市吹来，轻轻拂过他们身旁，就像耳边的叹息。

到1997年，吵架已经成了肖然和韩灵生活中最重要的内容，为一顿饭吵，为一件衣服吵，为了一句话、一个眼神吵，吵得恩断义绝、势不两立。韩灵站在窗口说："我真想从这儿跳下去。"肖然鼓励她："跳吧，摔不死我养着你，摔死了我养着你妈。"

"你什么时候开始不爱我了？"

"少跟我说这个，"肖然撇着嘴说，"你看看你那样子。"

韩灵走到镜前，镜子里的那张脸苍白憔悴，眼角有淡淡的皱纹。

韩灵老了。那个星光下的女子，如今老了。

1997 年 6 月 12 日，肖然彻夜未归。韩灵给他打电话，听见话筒里一片嘈杂，歌声、音乐声、碰杯声，有个女人甜甜地说："老板，该你唱了，你唱啊。"老板唱："真情像梅花开过，层层冰雪不能掩没，总有云开日出时候，看见春天走向你我……"

韩灵默默地听了一会儿，扔下电话，慢慢地走了出去，走下楼梯才发现穿错了鞋，想要回去换，刚把钥匙插进锁孔，她就笑了，笑得泪光闪闪，这已经不重要了，是的，一切都不重要了。楼口有家通宵营业的药店，她走过去："我买安眠药。"值班老头好奇地看了她一眼。韩灵微笑："最近总是失眠，不吃药就睡不着。"老头说处方药不能随便买，最多给你四片。韩灵摇头，掏出厚厚的一摞钱，笑着想："我连死都要用你的钱！”老头心动了。她拿着药往回走，夜风凉爽地吹着，深圳的夜色如此迷人。韩灵想，我来了四年了，整整四年了啊。回到家，倒了一杯水，水太烫了。她使劲地吹着，杯里波涛翻涌，几滴水溅了出来，直溅到脸上。她伸手擦了擦，想这就算是我的眼泪吧。她把药瓶倒空，一把一把地吞下去，没想到它这么甜，比糖甜，比蜜甜，比什么都甜。她躺到床上，灯光直射入眼，这灯是半年前买的，名牌，值三千多，“有钱多好啊，”韩灵喃喃自语，“想要什么就有什么。”外面起风了，窗帘沙沙地响，韩灵问自己：要不要写遗书？算了，不写了，死这么小的事，有什么可写的呢？再说，你就要睡着了，睡着了多好啊，一切都那么轻，那么轻，人也像飞了起来，轻快地飞，又高又远地飞……

“你不能这样，”肖然说，“我对不起你，但是，你一定不能死，一看见你躺在那里，我……我……”

韩灵静静地看着他。肖然抓住她的手，紧紧地握着，眼里泪光闪烁，过了半天，他说：“我们结婚吧。”

他们结婚时没有通知任何人。在深港海鲜城最豪华的兰花包间，肖然点了澳洲龙虾、南洋干鲍，还有六百多一盅的银翅。韩灵吃了两口，搁下筷子，微笑着说：“我终于成了你的妻子了。”肖然微笑，韩灵继续微笑着说：“我死也可以闭眼了。”

肖然脸上的微笑一下子僵住了，他转过身去，默默地站在窗前，嘴唇微微地哆嗦。窗外繁星满天，六月的深圳草木葱茏。起风了，风吹过前尘往事，在灯影摇曳的街市久久低徊，像生命中萦绕不绝的叹息。

十三

周振兴是肖然见过的最严谨的人。此人一年四季打着领带，头发永远硬硬地顶在头上，绝不会有一根错乱，每天上班后都有个固定的程序：上厕所、擦桌子、倒水，然后朝对面的陆可儿一笑。陆可儿跟他对面坐了两年，每天都会在八点二十八分左右收到这个笑容，误差绝不超过一分钟。肖然有时开玩笑，说："振兴啊，你晚上回家跟老婆上床，是不是也要讲究个程序？"周振兴不笑，一本正经地点头，说："没有程序就没有效率。"陆可儿在旁边笑得直揉肚子。

肖然一夜暴富，一时还适应不过来，老板当得一塌糊涂，君达公司开业一个月，他请周振兴和陆可儿吃了二十七天。他酒量不行，喝上两杯就脸红，拍着周振兴的肩膀说咱们兄弟如何如何，还提议要三人结拜，周振兴当大哥，陆可儿是三妹，"有福同享，有难，这个这个，我自己当！"气概堪比关老爷。那时的肖然还很善良，尤其见不得别人受苦，谁多干了点活他就过意不去，立马掏腰包打赏。有一次买复印机，人手不够，周振兴和一个农民工费了吃奶的劲才扛上楼来，扛得一身大汗，连衬衫都刷破了。肖然见了，顿生菩萨心肠，从钱包里掏出一百二十块钱，二十块给农民工，一百块给老周，嘴里还不住声地道辛苦。那个农民工骤然发达，欢呼跳跃而去。这壁厢周振兴却不干了，他掸掸身上的灰，面无表情地把钱推回去，说："这钱我不能拿，你已经付我工资了。"然后一脸严肃地警告，"肖总，老板不是你这么当的，你得注意点。"当时韩灵和陆可儿都在，肖然自尊心受伤，皱眉苦脸地反问："那你告诉我，老板应该怎么当？！"话音未落，只见周振兴轻拂云袖，漫卷长衣，大马金刀地走到桌前，挥毫写下两个大字"权威"，然后递给他，淡淡地说："钱不能解决所有问题，你得有这个。"

几年后，肖然成了一个深居幕后的老大，一般情况下不会在公司露面，偶尔出现一次，或召集会议，或商谈"国事"，从来都是表情坚毅、目如鹰隼、大步流星，不管跟谁谈话，他都直勾勾地逼视对方，似乎一直能看到人心里，再微小的漏洞都难以遁形。秘书刘虹第一次进他办公室时，跟他说了不到两句话，手就一个劲地哆嗦。2000年一个内地的下野副县长来应聘，往他的大班台上摆了一大摞证书，然后滔滔不绝地介绍自己的光辉历程。肖然听了几句不耐烦，愤然起身，哗地把证书全扫落地上，威严地喝问："我不管你做过什么，我只想知道，你现在能为我做些什么？"那县长登时呆若木鸡。收购凯瑞达之前，他搞了一个顾问小组，请了很多专家教授，有一次一个经济学博士给他上课，说这世上任何事物都可以交易，交易不成只是价格不对。当时人很多，肖然冷冷地顶了他一句："我现在要买你的命，你开个价吧。"那博士张了张嘴，再也没说过一句话。

按中国古人的说法，周振兴算是幸运的，才逢名主，马遇伯乐，赤兔马给了关老爷，这都是小概率事件。但肖然自己也清楚，他这个伯乐其实是周振兴教出来的，没有周振兴，就没有资产数十亿的君达集团，更不会有威名赫赫的肖老板。

君达公司是日化行业的一个奇迹。从1997年到2001年，公司膨胀了几千倍，有员工几千人，注册资本一亿元，除了"伊能净"洁身香皂，还开发了"冰心雪肌"系列护肤品、"零度香"香水、"娇滴"彩妆，每个牌子都卖得不错，在有些市场甚至超过了日化界的龙头老大宝洁公司。2001年12月，公司在香港洲际酒店开董事会，散会后肖然跟周振兴一起吃宵夜，眼望中银大厦高高的尖顶，心中慷慨顿生，朗声吟道："本是沿路打劫，不想弄假成真。"这话是朱元璋当皇帝后对刘伯温说的。周振兴往生蚝上挤了几滴柠檬汁，不动声色地警告他："别得意忘形啊，你比朱元璋可差远了。看看宝洁，人家光在内地市场一年就销售一百多亿，咱们呢？十亿都不到。"肖然被批评得心中冒火，啪地扔下筷子，恶狠狠地盯着他，周振兴毫不畏惧，继续抨击："你能拿出手的充其量有七八个亿，折算成美元，也就一亿左右，还没脱贫呢。敢玩美洲杯帆船赛吗？敢进五美分赌场吗——你也就去去澳门，上上弗兰克——拿着五百万美元一个的筹码，你腿肚子都要哆嗦吧？"肖然怒不可遏，拍案怒斥，说："我他妈再穷也比你富一万倍，你还是要靠我养活着，你算什么东西！"周振兴笑，说："一万倍太夸张了吧，最多几百倍。"肖然气得说不出话来，拿眼死死地瞪着他。周振兴跟他对视了一会儿，突然叹口气，说："我知道我该走了，今晚这些话，就算是临别赠言吧，你这几年变得太多了，要冷静一下。另外，告诉你一件事，"他迟疑了一下，"……我前两天给韩灵打了个电话……她妈死了。"

1997年6月底，韩妈妈到深圳看女儿，一进门就忍不住掉眼泪，说："你才二十六岁，怎么老成这个样子了？"韩灵笑着安慰她，说："创业嘛，肯定要累点，不过现在好了，咱们有钱了，你看肖然多疼我，给我买几千块的化妆品。"说完回头看了肖然一眼，肖然一脸谦虚地笑。韩妈妈伤感完了，在屋里溜达了一圈，开始批评起他们的生活习惯来，说："你看看你们这儿乱的，哪像个过日子的样啊。"然后郑重建议，"你们也老大不小了，要个孩子吧，这可是一辈子的事啊。"话刚说完，韩灵一下子低下头去，旁边的肖然轻轻抖了一下，脸像刷过的一样白。

韩灵第二次打胎后大哭了一场。那段时间肖然一直在外出差，等回到深圳，她的肚子已经很明显了，经常嘎嘎地恶心，按她的意思，这孩子一定要生下来，她身体一直不好，年龄也不小了，谁知道以后还能不能怀孕。肖然虽然很担心这孩子的血统，恨不能一把将它抠出来问个明白，但证据不足，也不敢公开审判，只能在心里猜忌不休。生孩子毕竟是大事，他考虑了好几天，还是决定要做掉，说："创业阶段，啊，哪有精力去照顾孩子？我们连婚都没结，孩子生下来，户口怎么办？上学怎么办？你想让他当一辈子黑人啊？"说得韩灵无言以对，呜呜地哭，第二天就跟着他去了医院。

手术持续了将近一个小时，韩灵汗出如浆，整个人像是从汤锅里捞出来的，嗓子都喊哑了。肖然在门外焦躁地来回乱走，心里像长了草一样，又担心又烦躁，担心韩灵的身体，烦躁的是自己可能当了冤大头还不知道：他上次一走一个多月，谁知道这孩子是哪个王八蛋的。好容易打完了，肖然横抱起韩灵要往外走，那个女医生站到他面前，直直地盯着他看了一会儿，面无表情地说："你们造孽呵，是个双胞胎。"肖然脑袋嗡的一声，低头看见韩灵双眼流泪，有气无力地问他："现在你满意了？"

韩妈妈在深圳住了一个月，去了世界之窗、锦绣中华、大小梅沙。肖然也竭力尽孝，抛下公司的事，带着丈母娘到处游览，香港回归之夜还带她们去沙头角看了焰火。说起韩灵小时候的故事，三个人都笑。笑完了咂咂嘴，就觉得有点不是滋味。临走前，韩妈妈郑重嘱托："肖然，你现在有钱了，可不能学坏啊，韩灵没有爸，我脾气也不好，她从小到大受了不少委屈，你可不能欺负她。"肖然满口答应，说："妈，你就放心吧，我们感情好得很。"说完抬起头，看见韩灵正在内视镜中冷冷地看着他。

韩灵"幸福"地打了两次胎，从此没了生育能力。这一点，她妈到死都不知道。

韩妈妈死前的几个小时很清醒，摸着韩灵的头发，说："你也别挑了，找个人嫁了吧，生个孩子，这可是一辈子的事啊。"韩灵抓过她妈的手，脸上泪如雨下，说："我知道，我知道……"

那时肖然正在澳门葡京酒店赌钱，不到一个小时输了七十多万，输得他心烦意乱，走到回廊上闷闷不乐地抽烟，眼前灯光闪烁，耳边笙歌悠扬，在一群金发碧眼的美女中间，肖然心中一动，像是突然想起了什么，慢慢地低下头，幽幽地长叹了一声。

那时刘元正在筹备婚事，他的新娘翻出一张照片，不怀好意地问他："这女的是谁？是不是你的老情人？"刘元接过照片，看见十一年前的韩灵慢慢转过身，俏生生地站在花丛中，对着他微微一笑。刘元放下照片，轻轻把新娘搂进怀里，说："别瞎猜，她只是我的一个同学。"

十四

1997年是刘元事业最兴旺的一年，他们公司在马来西亚新建了一个生产基地，把他抽调过去干了三个月。刘元受命于危难之中，鞠躬尽瘁，奋勇向前，三个月里招聘了四百多名员工，建立了全套的管理制度，还抓了一个贼。日本运来的生产设备有巨大的事故隐患，试生产不到两个小时，接口电缆就烤焦了，滋滋地直冒火星。刘元没跟当地的"皇军"商量，果断地拉了电闸，连夜向日本总部汇报，要求立刻派工程师进厂检修。事后刘元自己都有点后怕：如果他再多耽搁半分钟，整套设备就要报废，那可是几百万美元啊。回国后，排行第二的日本老板专程到深圳来看他，说我正在考虑如何奖励你，旁边的中国区总裁一个劲地对他眨眼。刘元笑笑不理，对老板鞠了个躬，说："身为公司的一员，这都是我应该做的，我不要任何奖励。"

此老板经常跟日本皇太子打球，跟掌管金融财政的大藏省有极深的渊源，他女朋友在中国期间一直戴着一副大墨镜，打死都不肯摘，原来此人是个万人景仰的大明星。刘元觐见时没想到这个相貌猥琐的老家伙有这么大的来头，应对之处颇有失礼，但他明白一个道理：越是不要，得到的就越多，所谓"善用兵者隐其形，有而示之以无”，刘元没读过《孙子兵法》，这招却也暗合了兵法的道理，叫作“要而示之以不要”。

一个月后，公司在上梅林为他买了一套八十多平方米的房子，没有按揭，一次性付清，花了将近六十万。搬家那天可谓三喜临门：升官、置业，性病也治好了。洗澡时刘元搓着自己的身体长叹，想我现在比百分之九十九的中国人都过得好，人生至此，夫复何求啊。

刘元至今也不知道是谁把性病传给他的，他那段时间找了不下二十个姑娘，想起来每一个都颇为可疑。到 1996 年，嫖客刘元对他的皮肉生涯已渐生厌倦，这事费钱劳力又伤身，严重不符合经济原则。当热情一泻如注，无边的空虚潮涌而来，四壁冰冷，灯光黯淡，多年前那张年轻而纯洁的脸就会沿时光飘飘而来，在身边忽远忽近地问：“这是你吗，刘元，这是你吗？”

此种孤独不可言说
亲爱的
执此冰冷之手
让我们一起孤立无援
……

这是校园诗人刘元一生中唯一发表过的诗，写于 1989 年秋天，名字叫《雨水飘落》。十四年后，他在阳光酒店二楼的餐厅里对我说："其实没有哪只手可以握一辈子，是不是？"过了一会儿，他凄然一笑，说你不要把我写成一个好人，你写肖然吧，"他已经死了。"

他那时刚刚离了婚。

刘元从马来西亚回国的时候，肖然正在发动他的第一次夏季攻势。"伊能净"在中央一套日夜不停地轰炸，各地的订单像雪片一样飞来，每个人都在加班。周振兴连续面试了十七个小时，招了二十七名销售员，每人发一万块钱，日夜兼程奔赴全国各地。那时候君达公司还没有自己的工厂，肖然找陆锡明谈了三天，总算暂时解决了生产问题，但付出的代价也是巨大的：他以成本价的双倍收购安尔雅生产的香皂，每次发货再多付总价百分之十的运费。光这两项，陆锡明一年就可以赚几百万。

所谓生意，其实就这么简单。截止到6月30日，伊能净共销售回款两千四百万，除去三百万生产运输成本，五百四十万的广告费，两百多万的其他费用，还有一点可以忽略不计的工资和税款，肖然至少赚了一千万。周振兴说："老板，你该考虑两件事了：第一，建个工厂，不解决生产问题，我们就会永远受制于陆锡明；第二，买辆车吧，你是千万富翁了，再坐出租车就太不像话了。"

肖然的第一辆奔驰是老款的SEL560，车开到家的时候，他和韩灵都很兴奋，这可是奔驰啊，两年之前，两个人做梦都不敢想的东西。肖然刚领牌，不敢开快，以每小时六公里的速度开到南海酒店，花七百多吃了顿烛光晚餐，然后一直兜风到上海宾馆。韩灵看了一路，笑了一路，笑得肖然柔情发作，探过身去在她脸上啵地亲了一下，韩灵幸福得差点昏死过去。

那是他们的蜜月。肖然一生中唯一的、最后的蜜月。

1997年8月20日，韩妈妈离开深圳的第九天。周振兴在新落成的君达工厂调试设备；陆可儿在宝安跟两家供应商谈判，谈价格像吵架一样；老板娘韩灵给陆锡明送去了最后一张支票，七十四万元，刚回到办公室，肖然就通知她："你被开除了。"所有人都诧异地抬起头，韩灵一时反应不过来，像傻了一样望着他。只见肖然满脸通红，低声怒斥："你回家吧，你这个没用的东西！"

肖然跟安尔雅合作期间一直很憋气，陆锡明在两个月里把原材料的报价提高了百分之六十，还多次向经销商直接发货，根据周振兴的估计，这至少让君达公司损失了三四百万。肖然暗示过、恳求过、警告过，最后不惜以砍头相威胁，陆锡明丝毫不为所动，笑嘻嘻地回应他："狗吃了屎还得谢谢主人呢，肖老板，你忘了当初你是靠谁起家的了？要知恩图报嘛。"肖老板怒极，四环素牙咬碎，一脚踢翻椅子摔门而去，心中恨不能生撕了他。

韩灵在外面跑了一整天，身上脸上汗水直流。肖然看着她可怜巴巴的样子，心中也有点不忍，但一想起陆锡明那张可恶的狗脸，立刻又暴怒起来：“跟你说过多少次了，付款之前要跟老周通一下气，你，你，”他忽然找不到词了，“你他妈的！”

韩灵她妈刚走九天。九天前，她一脸慈爱地对肖然说，韩灵受了不少委屈，你可不能欺负她。肖然微笑：“妈，你就放心吧，我们感情好得很。”

韩灵环顾四周，所有的人都低头静静地做事，连一声咳嗽都没有。她看了他一眼，默默地低下头去，过了一会儿，再次抬起头来，眼圈已经开始发红。办公室不是吵架的地方，韩灵强忍悲愤，一声不发地把东西收拾好，转身就往外走。肖然几次想叫她，张了张嘴，最终还是没叫出来。韩灵下了楼，走进喧嚣杂乱的蓝园公寓，一对情侣偎依着从旁边走过，她看着看着，眼泪终于忍不住慢慢地流了下来。

那时刘元刚演讲完，拍拍手走下台来，一个模样清秀的姑娘仰慕地看着他，说：“你讲得真好，咱们交换一下名片吧。”刘元双手接过名片，嘴里念道：“赵捷？”赵捷含笑点头。刘元不经意地看了她一眼，感觉心轻轻跳动，脑袋里微微有点恍惚，好像又回到了 1989 年的迎新会场，那个艳阳高照的秋日午后。

那年他二十岁，穿二十五块钱的牛仔裤，九块钱的 T 恤衫。在宏观经济学的课堂上，他提笔写下一首情诗，名字叫《雨水飘落》。

亲爱的，执此冰冷之手，让我们一起孤立无援。

十五

黄昏时陈启明喜欢一个人坐在台阶上，看夕阳西下，夜鸟盘旋，校园里飘浮着一层玫瑰色的雾气。电影要开场了，情侣们手拉手走进礼堂，躲在黑暗的角落里又抱又啃；舞厅里音乐响起来了，女寝楼下站满了衣冠楚楚的男士，有的焦躁不安，有的故作潇洒，年轻的心中激情飞扬。温馨而朦胧的夜色里，爱情就像环绕周遭的空气，无处不在，随时可能发生。而陈启明却总是一个人坐在那里，眼前人影舞动，草长花开，指缝里烟头一明一灭，像天空最远处的星光。坐得够了，他拍拍屁股站起来，踩着自己的影子往回走，路灯光柔和地照下来，他脸上表情幸福而又迷惘。

“你挺勇敢的。”孙玉梅走进204，打量了一下脏乎乎的四壁，一脸温柔地对陈启明说。

陈启明不好意思了，扯过一件脏衣服擦了擦凳子，结结巴巴地说：“孙玉梅，你坐你坐你请坐。”嘴像漏了一样。邓辉憋不住，趴在上铺哧地笑了一声，笑得陈启明满脸通红，像被谁扇了一耳光。

孙玉梅笑吟吟地看着他，陈启明手足无措，脑袋像被泥巴糊住了，一句话也想不出来。过了半天，孙玉梅站起来，说："我住 316，你有空来找我玩吧，都是河北老乡，咱们可连话都没说过呢。"

那是 1989 年，陈启明一生中唯一的英雄年代。七年之后，他像个童男子一样扭扭捏捏地问："我当初要是勇敢一点，你会怎么样？"孙玉梅舔了舔娇艳欲滴的双唇，不屑地斜着眼看他。陈启明赶紧解释："我没有别的意思，就是问问，就是问问。"孙玉梅笑了，用腿碰碰他的膝盖，落落大方地建议："启明，我们上床吧。"

陈启明立时傻了，像根桩子一样戳在那里，心中雷声滚滚。

那时黄振宗快一岁了，爬得飞快，一见到他妈就咩咩地叫，像只没毛的小羊羔。黄芸芸逗他："说，你是妈咪的小狗狗。"小狗狗跟着学："狗……狗……"黄芸芸乐不可支，操一口蹩脚的"洋泾浜"国语继续教育："说爸爸，爸爸是个大学生！"小狗狗不学了，手脚并用地爬开。黄芸芸颠颠地跑过去，一把将他抱起来。小狗狗舞动着两条肉乎乎的小胳膊，抓得她头如鸡窝。

"你如果不高兴，就让他跟你姓吧。"黄芸芸说。

陈启明看了她一眼，没说话，呼地把儿子举到头顶。黄振宗四肢抖动，在空中哈哈大笑。陈启明用额头碰了一下他的小鸡鸡，说："给爸爸香一个。"黄振宗乖巧地嘟起嘴，在他脸上啵亲了一下。陈启明笑了，踮起脚，像跳芭蕾一样转了个圈，看见黄芸芸斜靠在门上说："你玩女人我不管，但别忘了，"她笨拙地笑了一下，"咱们有个儿子。"

黄振宗周岁那天，黄村长仁发在华海大酒楼摆了四十多桌，黄芸芸的姐姐姐夫、七大姑八大姨都来了，红包收了满满一箩筐。酒过三巡菜到王八，黄仁发抱着孙子举行抓周仪式，一片欢声笑语之中，只见黄振宗双管齐下，左手捉住一张百元大钞，右手抄起一朵塑料花，在他爷爷怀里又跳又蹦，笑得咯咯有声。黄仁发乐得脸上老皮脱落。陈启明在台下笑得也是双眼一线，想这小子是个人才，又好财又好色，不愧是我的种，正美着呢，裤袋里的手机突然急促地响起来，一桌人的目光都注视着他。陈启明走到门口喂了两声，没有回音，正想挂机，听见孙玉梅像叹息一样问他："你在哪里？我想你。"这时满堂彩声，人人开怀大笑。陈启明回过头来，看见黄芸芸正半笑不笑地望着他，小眼睛里光芒闪烁，似有深意。陈启明挂上电话，默默地往回走。笑声更响了，包间里声浪震天，一片欢声笑语之中，陈启明忽然悄无声息地抖了一下。

"我爱你，但是……一切都太晚了。"

孙玉梅摸摸他的脸，清亮的月光下，她像天使一样美丽。陈启明闭上眼，听见她怜惜地说："孩子，可怜的孩子，别难过了，这是我们的命啊。"

那是 1997 年 6 月，小梅沙。月亮滑进云层，海面上波光闪烁。一片静谧之中，陈启明忽然翻身而起，一把将孙玉梅搂过来，像老虎一样在她脸上又咬又啃。啃着啃着，月亮出来了。孙玉梅睁开眼，看见一滴眼泪正慢慢地从陈启明脸上滑落下来。

那夜月光如水，远处的深圳沉沉入睡，这是小梅沙，离深圳还有二十公里。

从 1996 年到 1997 年底，陈启明在孙玉梅身上花了不下五十万。孙玉梅说裙子旧了，他一次就给她买了四条新的；孙玉梅说你这手表真漂亮，他二话不说就去东方名表买了块劳力士，两万四；孙玉梅说服装生意挺来钱的，他第二天就到女人世界买了两节柜台，十六万多。1998 年 6 月 23 日，孙玉梅大义凛然地质问："陈启明，你给我说清楚，我什么时候跟你要过一分钱？"陈启明立时傻了，像根桩子一样戳在那里，心中雷声轰响。过了足有一分钟，他深深地低下头，说："没错，你从来没跟我要过一分钱，都是我自己犯贱。"

那时肖然正在华南卫视参加广告竞标，八点档组合套餐标价三百五十万，肖然举了两次牌还是没能拿下，周振兴说："算了吧，都六百万了，有这个钱我们还不如上中央一套呢。”肖然悻悻缩手，喝了一口水，扭头看见了卫媛。

卫媛那年二十二岁。她站在一排摄影记者中间，像梅花鹿一样骄傲地昂着头，脖子上一条红宝石项链格外抢眼。一个月后，肖然陪她逛香港周大福珠宝店，看见那款项链就挂在橱窗里，标价十七万港币。

迎着肖然的目光，卫媛轻快地眨了眨眼。肖然笑了，卫媛也笑了，夕阳斜斜地照进来，她脸上的笑容像暗夜乍放的鲜花，美丽、娇艳，如此迷人。

那时韩灵正在家里翻看照片，夕阳斜斜地照进来，屋里空旷而孤清。韩灵懒洋洋地躺在沙发上，看着几年前的那个自己在不同场景里频频挥手，频频微笑，目光中幸福满溢；还有肖然，在校门口、在花丛中、在海边山上，搂着抱着依偎着，每个表情都那么温柔，那么甜蜜。有一张是她和肖然的合影：肖然横抱着她坐在石凳上，笑得两眼弯弯，她的头仰着，嘴巴半开半闭，好像正在说着什么。韩灵看着，忍不住笑了一下，抬头看看空旷而孤清的家，仿佛又听见了当年的声音。

“你知道吗，”肖然贴着她的耳朵说，“抱着你，就像抱着自己的小女儿。”

那时黄振宗会走路了，黄芸芸笑嘻嘻地跟他商量：“小猫猫，你跟爸爸姓，叫陈振宗好不好？”小猫眨了眨眼，好奇地看着她。黄芸芸牵起他胖乎乎的小手，在客厅中央慢慢走步。电话响了，黄芸芸过去接听。小猫一个人蹒跚了两步，扑通一声栽倒在地上。黄芸芸急了，扔下电话就往回跑，还没跑到孩子身边，黄振宗哇的一声哭了起来。

黄昏了。夕阳西下，夜鸟盘旋，在多年之前的校园里，陈启明正孤独地坐着，表情忧郁，眼神迷茫，守望他今生的爱情。

十六

204室六个人，老大张俊锋来自甘肃武威，此人最大的特点就是不爱洗澡，袜子脱下来可以当蚊香；刘元睡他下铺，四年里最痛恨的一件事就是自己居然长了个鼻子；肖然和范越睡门边那张床，大一那年他俩经常在一起踢球。十二年后，后卫肖然富若帝王，前锋范越下岗后开了间小吃店，有一天消防大检查，要封店，他抡起马勺打倒了两个，要跑没跑掉，当着老婆孩子的面被打了个半死，然后判了三年；陈启明和邓辉在另一张床上，有一天熄灯后，邓辉穿着裤衩跳到屋子中央，说："哥哥们，开会了，我们来谈理想吧。"

十五年后，他们回忆起那个冬夜，谁都记不起肖然说过什么。刘元说："他要当官吧，好像最低也要当个部长。"陈启明说："不对，我记得他说要当老师，栽得桃李满天下。"争了半天没争明白，最后拨通了邓辉的手机。邓辉在电话里言之凿凿："他那时就想当亿万富翁！你们忘了？他还说要跟比尔·盖茨掰手腕！"陈启明对着电话骂了一句，说："王八蛋，你胡扯什么，那可是1987年，还没有比尔·盖茨呢。"说完他们都愣住了，面面相觑了半天。刘元的脸慢慢白了，眼眶乌青，瞳孔放大，幽暗的灯光下，我看见他怕冷似的缩了缩脖子，像是有个人在他背后轻轻地吹了一口气。

十五年了，那个死者的理想，已经无人记得。

陆可儿放在人群中也算美女，但一跟卫媛站在一起就成了孔雀身边的老母鸡，脸不如，腰不如，毫无光彩，为此她隐隐约约地有点恨她。卫媛身高一米六九，前凸后撅，引人鼻血，脸蛋长得也漂亮，每次在电视上看见华南卫视那位著名的美女，她就报以冷冷的一声嗤，说："她其实一点都不漂亮，如果不是跟某某人上过床，她哪会有今天？"肖然逗她，说："你是吃醋吧，你是不是也想跟某人上床，结果人家没理你？"卫媛不生气，还有点骄傲，说:"我只让他看了看，就当上了主持人。"肖然一下子厌恶起来，光着屁股走到窗前，眼珠子几乎能把玻璃瞪破，就在这时接到了陆可儿的电话。

陆可儿嘻嘻地笑，说:"老板，你是不是正在温柔乡里啊？"

1998年的肖然还没请保镖，也没有那么大的威严，尤其在周振兴和陆可儿面前，根本摆不起架子来。他笑了笑，说:"不要胡说，什么事？说吧。"

陆可儿笑个不停，说："我跟华南卫视的胡振华聊了一个下午，他说你的主持人女友是个烂人，人尽可夫啊，老板，你小心身上长大疮。"

肖然警惕地看了一眼床上那堆白花花的肉，冷冷地回应：

“你深更半夜打电话就为说这个？”

陆可儿咯咯一笑，声音突然冷了下来，听起来格外遥远，说：“当然不是，你来医院看看吧，你老婆出事了。”

每年麦收和春节之前，都是深圳的刑事案高发期，这个城市百分之七十以上都是暂住人口，民工们汗流浃背地干一年，赚的那点钱还不够肖然吃一顿饭的，如果遇上黑心老板，干完了活不发钱，门一锁跳墙而去，连根毛都找不到，那就真成了杨白劳，想回家都回不去。既然这城市背弃了我，那我就在告别前将它洗劫一空。所以每年这两个时候都会发生一些特别恶劣的案件，黑暗的角落里总有人逡巡，逮着机会就下死手，抢了东西再捅上几刀，让那些高贵的鲜血流出来，涂满这城市每个肮脏而黑暗的角落。

肖然赶到医院的时候，韩灵正躺在床上哆嗦。陆可儿和周振兴都在，看见肖然进来，他俩对视一眼，一言不发地退了出去。韩灵双眼直勾勾地盯着他，像块凉粉一样抖了一会儿，一头扎进肖然怀里，呜呜地哭了起来。

韩灵算是幸运的，胳膊划了个血口子，脖子上有块淤青，此外没有别的问题。但这件事给她留下了个后遗症：一到晚上就不敢出门，蜷缩在床上，听见风吹窗帘都会哆嗦。直到肖然死后，这毛病才不治而愈。那天她从西丽湖墓园回来，绕着四海公园走了很久，夜很黑，天上星光明灭，走到当年出事的地方，她停了下来，回头看看她曾经的家，那里依然灯火辉煌；向前看看肖然生前的豪华别墅，那里已经空无一人。韩灵站了一会儿，终于哭了，漆黑的夜里她泪如雨下，想起肖然四年前说过的话："别怕，没事了，我在这儿呢，"他把她紧紧抱进怀里，"我还疼你，不要怕，不要怕……"

"他是真心的，"韩灵说。我抬头看看她，她一下子语无伦次起来，"我从来没恨过他……他给我留了一千万，不是，不是因为这个，你不能这么写，你不知道，"她眼圈突然红了，转过身去擤了一下鼻子，过了足有一分钟，她幽幽地说，"你不知道他温柔的时候有多么好。"

我正试着描述这些人的生平，在写作过程中，我时时能感觉到有一种强大的、悲怆的东西包围着我，生者和死者都在场，一切都像是偶然，一切又像是预先排演好了，人间种种，不过是这出戏的一个过场。而谁将是最后的谢幕人？

肖然死后，再也没有人恨他。陆锡明说："他至少帮我赚了两千万，我怎么会恨他？"赵伟伦说："我只不过判了十年，出来后照样有机会好好做人，他呢？连命都丢了。"陈启明说："他生前是我的兄弟，死后仍然是。"刘元叹口气，念了两句诗："金樽已空梦未醒，繁花开处血斑斑。"然后转过头，目光灼灼地问，"你懂吗？"

金樽已空梦未醒，

繁花开处血斑斑。

2001年底，肖然在粤东一座无名小山上求到这两句诗，当时无人能懂。一个月后，他悄悄立了一份遗嘱，任何人都不知道。那时他正处于事业的巅峰，声名远震，富比王侯，但在他心里，是不是早就把自己当成了一个死人？

韩灵被抢后得了严重的神经衰弱症，整夜整夜失眠，一合上眼就感觉眼前有人，头发一把把地往下掉，露出干枯的、没有光泽的头皮。有一天，肖然很晚才回来，看见她勾着头坐在地上，头发披散，一声不发。他说："你怎么了，要睡到床上睡去。"韩灵没有反应，他上去推了她一下，韩灵像根木头一样应声而倒。肖然慌了，冲到床头要打急救电话，这时韩灵突然醒了过来，一把抱住他的腿，说："肖然，"她双目流泪，"肖然，我要回家。"

那天他们说了很多话，肖然蒙眬入睡的时候，听见韩灵在耳边轻轻地问："肖然，我走了，你会不会想我？"肖然一下子睁开眼睛，说："别胡思乱想了，快睡吧，天都要亮了。"韩灵叹口气，啪地关了灯，屋里一下子黑了下来。寂静而空虚的黑暗中，韩灵听见波涛翻卷、风过树梢，整个世界充满了窸窸窣窣的声响。她闭上眼，身体用力地蜷缩，朦朦胧胧中，那只粗大的手又伸了过来："不要叫！"那只手把她的嘴捂得死死的，一个低沉的声音说，"你要敢喊，我就一刀捅死你！"

韩灵的心急促地跳动，想喊，喊不出声，想挣扎，但就连一根手指头也动不了，那只手开始猥亵地在她全身上下乱摸。韩灵哭了，就像在多年前那间简陋肮脏的电影院里，她胸口压着巨石，看见梦里的自己浑身冰凉，孤单地哭泣。

那天送韩灵到医院的是一对情侣，他们消夜回来，在黑影里亲热了很久，然后依偎着慢慢往回走，走到一个小山包旁，听见上面窸窸窣窣地响，那姑娘有点害怕，紧紧抓着男友的胳膊，小伙子侧着耳朵听了一会儿，转过身对她说："走，上去看看，那好像是个人。"

韩灵。韩灵趴在一片长草之中，手脚都被捆着，嘴里塞着一大团芭蕉叶，正一点点地往山下挪动。那姑娘尖叫一声，一步蹿到男友身后，死死地搂着他的腰。小伙子壮起胆子，伸手把那团树叶揪了出来，韩灵下巴拄地，脸色苍白，哆嗦着嘴唇说："救……救命啊。"

"救命啊！"卫媛笑嘻嘻地说，"你要吃了我啊？"肖然不理她，一把将她扔到床上，三下两下脱了衣服，凶猛地扑了上去。

月亮出来了，光华如水，清辉洒遍，人间像洗过的一样，清新洁净，处处芳香。

十七

潮阳强仔十一点钟醒来，像往常一样，抽了一根红塔山才起床。洗脸的时候用力大了点，胸口的刀伤又在隐隐作痛，他嘟嘟囔囔地骂了一句，不知道是骂砍他的东北佬，还是骂自己不小心。那一刀其实本可以躲开的，要不是“四眼兵”在旁边碍事，他绝对有信心在东北佬出刀之前就把他打倒，一个漂亮的组合拳，左直拳、左摆拳、右钩拳，东北佬像个麻包一样直飞出去，再跟上一脚——他的皮鞋可是特意定做的，前面有一圈钢板，一脚就能让他做不成男人。

潮阳强仔不算大人物，道上比他威风的有的是，但他认为自己早晚有一天会出人头地，出来混嘛，只要不怕死，敢打敢冲，谁都会敬你三分。再说潮阳强仔也懂规矩，不偷不抢，不捞过界，该收的收，不该收的一个子儿都不动。上次那个湖南佬约他去嘉华不夜城收钱，那是谁的地盘，赫赫有名的“白粉达”啊，去不是找死吗？最后怎么样，湖南佬断了两条腿，讨饭都不能在深圳讨。

在楼下的茶餐厅喝了一壶铁观音，吃了两笼虾饺、一笼干蒸，潮阳强仔感觉自己浑身都热了起来，“四眼兵”打电话说姓赵的条子有个事情，问他做不做，他砰地把茶杯墩在桌上，粗声大气地骂了一声“丢”，说当然做，赔钱都要做，不跟条子拉上关系，咱们混一辈子都是小虾米。

姓赵的条子跟他有点小小的渊源：1995 年刚来深圳时，停车场一场大战，潮阳强仔有了点小名声，但也蹲了十五天班房，姓赵的那时还只是公安局的一个科长，挺和气的，问了两句就让他走了，没打没骂，还丢了一根烟给他。后来在不同的场合又打过两次照面，姓赵的问他混得怎么样，还警告他别干违法的事，说“让我逮到，你就惨了”，不过脸上笑嘻嘻的，一点警察的架子都没有。他当时就想，此人将来必成大器，气派不一般啊。

赵伟伦还和当年一样和气，指指中间的平头，说：“这是肖老板。”潮阳强仔和四眼兵赶紧作揖，赵伟伦笑了笑，拿起皮包，说：“肖老板找你们有点事，你们谈吧，我回局里去了。”肖然斜着眼看了看赵警督，脸上有点微微的笑意。门关上后，他摆摆头，周振兴从包里拿出几摞钞票，齐刷刷地码在桌上，肖然说：“这是五万块，不用杀人，不用动刀动枪，你们送一个孩子回家就行。”

这是肖然对付陆锡明的第二招，十八个小时之后，他给陆锡明打电话，说："陆总，听说你儿子成绩不错啊？"陆总一下子软了，上气不接下气地哀求，说："肖然，咱们有事好说，有事好说，你别动我儿子。"肖然爽朗地笑，说："我只是找人送他回家，深圳车这么多，小孩子一个人回家不安全啊。"陆锡明满头流汗，听见肖然淡淡地说："这事就算过去了，封你厂的事，你自己应该能解决，我再给你两百万，也不算亏待你。但你要是再用我的牌子，我会多找几个人，"他拿起杯子喝了一口水，一字一句地说，"送你儿子，回家！"

那是肖然第一次跟道上人接触。几年之后，潮阳强哥成了珠三角一带有名的豪杰，过江猛龙威到海，连香港澳门的事他都能插上一腿。肖然死后第三天，他带了四十多个人去祭他，一色的黑西装黑领带白衬衫，酷似香港电影里的黑帮集会。强哥顶着一副大墨镜，脸上阴阴的，看不出是悲是喜，他摸着肖然的遗像默哀了半天，然后斩钉截铁地说："生前事，你罩我；身后事，我罩着你！"四十多条大汉同时鞠躬，强哥分开人群大步往外走。鸦雀无声的灵堂里，肖然正似笑非笑地看着他，面色平静，神态淡然，瞳孔微微有点收缩，似乎正在怕什么。

收拾了陆锡明，君达公司开始步入它的辉煌期。1998 年 7 月，君达公司增资，注册资本从一百万增到五千万。做过几天生意的人都知道，内地公司的注册资本大多都是假的，到处挪借一下，一验完资就纷纷撤走，但君达公司这五千万可是扎扎实实的硬通货。那时“伊能净”香皂卖得正火，等在厂门口的货车每天都有十几辆，钞票像流水一样滚滚涌来。肖然自己也很得意，有一天下班后跟周振兴和陆可儿吃饭，说：“现在公司账上闲钱都五千多万了，咱们想个办法把它花了吧，人闲着不要紧，钱闲着可就是罪过。”

那顿饭吃了三个多小时，最后上的龙虾粥又香又糯，但谁都没心思吃。谈到投资，陆可儿十分兴奋，从房地产、餐饮一直谈到贩卖珠宝钻石，周振兴泼冷水，说：“你对珠宝行业了解多少？除了你脖子上的项链、指头上的戒指，你还知道什么？”然后给陆可儿上课，说，“你知道南非的戴比尔斯公司吗？人家垄断了全球钻石市场的百分之八十，你是不是准备打垮它？”肖然计划把东北人参包装后向全球出口，说东北人参并不比高丽人参差，但中国人一麻袋一麻袋地往外卖，跟萝卜没什么分别，而韩国人却给每根高丽参套了一个精美的小盒子，同样都是萝卜，人家就卖出了肉价钱。周振兴叹气，说:“老板，你这五千万赚得不算困难，但听我一句，要赔进去就更容易。商场如战场，没看清形势就在里面放空炮，这仗还怎么打？”肖然说：“那依你应该怎么办？”周振兴卖关子，笑着说：“这个这个，我早就想好了，明天开会时再说吧。”

从某种意义上说，周振兴才是君达公司真正的核心。从1997年公司创立开始，在生产、销售、创意策划、财务管理，哪方面他都有出不完的主意。日化行业提起“冰心”和“零度香”这两个牌子，人人叹服，说肖然简直是个创意天才，即使在君达公司内部，也没有几个人知道实情，这事被当成肖然的神话口口相传。只有在一个极小的圈子里，才会有人提起，说周振兴才是这两个牌子真正的创始人，那时的肖然还只想着卖萝卜。

“冰心雪肌换肤霜，冰雪聪明的选择。”

“真爱无香，零度香香水，只为上等人拥有。”

提出这两个创意时，周振兴和陆可儿激烈地争论了半天，陆可儿坚持认为“冰心”侵犯了著名女作家的名誉权：“万一人家告我们怎么办？”那时阳光普照，周振兴站在阳光下，一身金光，宛如佛祖现世，说：“第一，巴不得他告我呢，冰心家人状告君达公司，这是多好的广告啊，他不打官司我都要鼓动他打；第二，就算我们败诉，大不了老板掏个一两百万，有钱还怕搞不掂？”肖然拍案而起：“说得好！卫生巾敢叫舒婷，生发水敢叫黑泽明，我化妆品还不敢叫冰心？就这么定了！”

这就是所谓的品牌策划。到2001年，“冰心”系列产品已经取代了“伊能净”，成了君达公司最重要的品牌，在华东和华南市场，“冰心”系列产品的销量直逼宝洁的玉兰油，它的成功模式成了业内典范，引得众厂家纷纷效仿。“零度香”也是炙手可热，法国一家著名的香水公司久攻内地市场不利，找肖然谈，想收购这个品牌，开价六千万人民币。肖然指了一下旁边的周振兴，说："这个牌子是他创的，你们问他吧。"一群洋鬼子纷纷转过头来。周振兴严肃地思考半天，像李嘉诚一样伸出了惊天一指，说："一亿美元！"洋鬼子们鼻子都吓歪了。周振兴笑笑，按了一下电视遥控器，一阵悠扬的乐声响起，屏幕上的卫媛香肩半露，长发飘飘，对众人灿烂地笑着说："真爱无香，一生拥有。"

"经商就像做游戏，比的是智商。"这是周振兴的名言。离开君达公司后，他在蛇口办了一所贵族学校，从此不再涉足日化业。2003年初，陆可儿加盟广州天晴集团，向老板叶明开力荐周振兴，说拉此人入伙抵得上两个亿。叶明开亲自给他打电话，开口就是天价：年薪五百万。周振兴没说话，眼望君达公司最早的住处，轻轻叹了一口气，默默地挂了机。

那里已经空无一人。六年前他跟着肖然上楼，那时他还是一个穷光蛋；六年后，他身家千万，而当年走在他身边的那个人，早已变成飞灰。

十八

给你一个亿，你会怎么花？

吃要不了几个钱，最贵的班尼岛血燕，不过一万多港币一碗，而且不见得比五块钱的双皮奶好吃；身上的行头也花不了多少，范思哲、阿玛尼，进商场就能买到，不算稀奇，只供定做的 K-bons，全身上下买齐了也超不过两百万；几万美元的劳力士不见得比西铁城走得更准；那就买车买房吧，劳斯莱斯银影、银羽，宾利红章、雅致，几百万总能搞掂，想买劳斯莱斯的银色幽灵，光有钱恐怕还不行，悍马很威风，但开着就跟卡车似的，香港有价值数亿元的豪宅，说到底不过是一张床和一把椅子。肖然说："钱不过是个数字，启明，过年了，咱们去澳门玩两把。"

那是 1999 年春节，三个月前，韩灵永远地离开了深圳。那次澳门之行，陈启明输了六万多，输得心里怕怕，拒绝再玩。肖然在押百家乐，每输一次，他就加倍地重押，到凌晨三点多，乖巧的侍者帮他提着一大堆筹码去柜台结算，共赢了一百九十多万，肖然一高兴，甩手给了一万元小费。赌场经理注意他很久了，这时点头哈腰地过来打招呼，说："阁下手气真好，我们已经为您安排下最好的房间，希望借您的运气为本酒店增光。"肖然第一次被人称为"阁下"，有点找不着北，转头对陈启明感慨道："你看看，这资本主义就是好啊。"

从那以后他就迷上了赌。在死前的三年多时间里，谁都不知道他输了多少钱，陈启明估计有几百万，陆可儿说最少两千万，周振兴伸出一只巴掌，说光我知道的，就不下这个数，"他已经疯了"。

肖然发财后有很多忌讳，别人坐过的椅子他不坐，怕染上晦气；开车走在路上，别的车要是敢故意别他挤他，他就一脚油门直直地撞上去，剩下的事，打个电话让赵伟伦来处理就行了；跟谁见面都不握手，有次在浙江见一个副市长，对方满脸堆笑地伸出手，说肖总，幸会幸会，他轻描淡写地点点头，一屁股坐进沙发，愣是让市长大人的手在空中停了半天，最后一脸尴尬地缩了回去。

"他只算个衙役，"肖然说，"不配握我的手。"

从1999年开始，肖然变得十分迷信。君达公司搬家前，他花十五万港币从香港请了一位风水大师，在深圳到处勘察地形，楼层、朝向、位置，没有一样不讲究。陆可儿本来在他右侧的办公室，大师说陆可儿是土命，他是金命，"土克金，一世艰辛”，他就让陆可儿搬到离他最远的那个角落。高薪从中兴公司挖来的财务总监，就因为大师说了句“此人是个衰命，走到哪里衰到哪里”，他就立刻炒人家的鱿鱼，为这事跟周振兴闹得很不愉快。肖然用一句话就把他说服了：“你可以不信命，但不能不信我！”周振兴沉默半晌，点点头说：“我想通了，在君达公司，你就是所有人的命。”然后头也不回地走回办公室。连搬家的日子也是大师挑的，1999 年 5 月 16 日，大师说：“此次乔迁，主有二十年洪福。”肖然一高兴，让周振兴又多发了两万块奖金。

君达集团在长天大厦租了整整四层楼，一年六百多万，肖然自己就占了半层。他的办公室有将近六百平方米，装修得像个小皇宫：沙发全部是澳洲小牛皮的，一套几十万；卧室里铺着伊朗手绘地毯；会议室的瓷砖全部从荷兰空运，一块就是七百多；书架上摆着两只灰扑扑的瓷瓶，是康熙年间的精品“紫缠花”，值上百万；大班台上压着一块玉石镇纸，周振兴说，那块玉也是风水大师推荐的，价钱可以买四五辆桑塔纳，“不过我找人鉴定过”，他笑着说，“他上当了，那就是块石头”。

很难想象肖然当时的心情。三年之前，他还在为房租和生活费发愁；三年之后，他住上了价值千万的别墅，坐上了几百万的名车，还跟奔驰公司联系，要定做一辆加长防弹车，他担心陆锡明的报复。那车处处模仿“天下第一车”——奔驰公司的 1000SEL，第一次报价就将近六百万；还有女人，香港的二线歌手、内地的名模、影星、主持人，只要他招招手，她们就在床上。有次在北京王府饭店约会一位刚刚成名的花旦，磋商半天没有结果，肖然有点不耐烦，指指宽大的、足够睡八个人的大床，问那位一脸娇羞的花旦："去不去？"花旦红着脸摇头。肖然不屑地白了她一眼，从抽屉里拿出支票簿，刷刷地填了几个零，平平静静地说："我去冲凉，你自己拿主意吧，想要这笔钱，你就躺上去，不想要，"他指指豪华套房的大门，"门在那边。"话音刚落，那个花旦勇敢地站了起来，默默地走到床边，一句话不说就开始脱衣服。卫媛跟他对过几次花枪之后，为"伊能净"拍了两个广告片。肖然十分大方，一出手就是一套一百六十多万的房子，外加三十万港币，为了逃税，全存入卫媛在香港的户头。

按照中国内地的法律，企业经营时要缴纳增值税、营业税，赚来的利润要缴企业所得税，这个税是固定税率，百分之三十三。缴了企业所得税后也还是公司账上的钱，如果要分给股东，还要缴纳个人所得税，最高可达百分之四十五。当然，这只是书面上的法律，事实上这些公司很少有不偷税避税的，方法也是多种多样，假外资、假合资，深圳无数公司都挂着"外商独资"的牌子，老板世世代代都是内地农民，血统并不重要，他们要的是"三减两免"的政策；大多数公司都有两本账，真的留着自己看，假的送给税务局；小公司用虚假的费用冲减利润，大公司都有严密的避税和洗钱系统。在周振兴的安排下，君达公司的假账做得天衣无缝，从账面上看，光肖然1999年买的别墅就花光了君达公司三年的利润。那年他在江西含水注册了一家叫“纳百德”的公司，出资者是美国人乔纳森·肖克，其实这肖克就是肖然的亲弟弟肖挺，肖然发财后，把他送到美国读了两年书，回来后一派牛仔风度，见人就道“Hello”，不耸肩就说不出话来。从1999年底开始，肖挺的纳百德接收了君达旗下的全部生产业务，所有发票都从含水出，但税只缴一个极小的定额，每月十几万。说起来这事也是周振兴的功劳，他是含水人，1998年底回家转了一圈，花了八十多万，在当地搞得手眼通天，以后肖然每次到含水视察，都有呼啸的警车给他开道。

卫嫒自己也说不清她究竟喜欢肖然哪一点。在她看来，肖然就是一个暴发户，踩中狗屎的农民，他一身黑衣还要穿白袜子，简直就是只“海鸥”；他吃西餐吧嗒嘴，喝咖啡喝得像擤鼻涕，呼噜直响；上自动扶梯不知道站在右侧，总是像门神一样横立中间。有次在香港亨斯顿伯爵餐厅吃饭，不远处一个穿燕尾服的钢琴师沉醉地弹奏着*Colour/Dance*，所有的人都低声交谈，怕打扰了这美妙的琴声，这时候肖然的电话响了，陆可儿找他请示生产问题。就在众目睽睽之下，亲爱的肖总声若巨雷地发表开了演讲，震得屋瓦轰响。所有人都皱着眉头瞪他，对面有个俊朗的英国小伙子不动声色地撇了撇嘴。那一刻，她真想一把夺下电话，再狠狠地扇他一记耳光，训斥他："你能不能懂点礼貌？！"

但她不敢。肖然太有钱了，这钱不仅可以买名车豪宅、最名贵的时装、最大颗的钻石，更能杀人于无形。君达公司有个老业务员叫徐建明，1997 年进来的，也算肖然手下大将，1999 年审计部查出他贪污促销小姐工资，钱很少，总共也不超过三万元，肖然知道后怒不可遏，一个电话把他叫回深圳，就在公司的大会议厅里，周振兴一脸严肃地宣布完他的罪状，两个如狼似虎的警察就把他架了出去。徐建明浑身发抖，又是哭又是求，几百名员工目瞪口呆，听着凄厉的警笛声，人人魂飞魄散。这事还不算完，徐建明退了赃款，里里外外花了十几万，在里面蹲了四十多天后，一出来就被潮阳强仔抓住，整整打了一个小时，强仔汇报战果时卫媛就在旁边，听见肖然阴恻恻地训话："我不要他的命，但你告诉他：老实点才能活得久！"听得卫媛心里一紧。从那以后她就有点怕他，总感觉这个男人像把刀，说不定什么时候就要脱鞘伤人。不过金钱的魔力毕竟不可抵挡，二十三岁的卫媛坚信一个真理：有钱不一定幸福，但没钱一定不会幸福。为了幸福，她忍受一下他的残忍和粗鲁，又有什么呢？再说粗鲁也可以看作是勇敢、果断、豪爽、豁达，甚至是潇洒。有几个人能像他这样，面对几十万港币的项链，眼睛不眨地说"给我包起来"？她的初恋男友，岑国正，那个长得像周润发的小伙子，恐怕一辈子都不敢为他的爱人买一挂这样的项链。茫茫人世间，谁拥有过价值连城的爱情？

她知道肖然不会专一，如果他专一就不会跟自己上床了。卫媛清楚自己的价值：年轻、漂亮、性感，电视台的主持人，这是她的标签，一个情人、二奶、尤物的标签，她不在意只当一个储存精液的器皿，即使是无数器皿之一。她知道自己要的是什么，“我必须在青春逝去之前结束拼搏”，不是人人都能成为杨澜，为了自己的下半生，她必须用最快最直接的方法赚钱。另外，她知道自己肯定也不会专一，她不会放弃跟美男子们约会的机会，只要价钱合适，她可以上任何人的床。

所谓爱情，不过是自己骗自己的一个借口。几个月的相处，卫媛强迫自己发现了肖然的很多优点：他勇敢、坚强、气势逼人，有男子气，有时候还有点温柔。那天他喝了不少酒，运动时屡下重手，弄得她浑身都疼，事毕后她忽然难受起来，背对着肖然，感觉自己像被强奸了，鼻子一个劲地发酸。肖然抽了一根烟，从脖子下伸过手去抱了她一下，俯在耳边轻轻地说：“真想把你挂在墙上，一睁眼就能看到你。”这话让卫媛微微感动了一下，她转过身，把头埋在他的胸前，嘴里幽幽怨怨地问：“那你老婆呢，你把她挂在哪里？”

韩灵看见自己站在悬崖边，她不知道自己在那里站了多久，也不知道为什么要站在那里。苍茫夜色中，背后总有窸窸窣窣的声响，她心中害怕，不断回头张望。有人来了，那人渐渐走近，脸上的表情像笑又像是在哭，有点像肖然但又不是肖然。韩灵心中迟疑，站在那里一动不动，那人越走越近，脸上突然露出狰狞的笑容，一把抓住了她的肩膀，韩灵怕极了，拼命挣扎，挣扎，挣扎，呼的一声掉了下去。一个声音大声喊着："韩灵！韩灵……"

她睁开眼，一身大汗。天快亮了，街上远远传来洒水车的声音。她站起身，踢踢踏踏地在屋里走了一圈，她妈似乎也在做梦，隔着墙迷迷糊糊地说了一句："还不睡，你明天不上学了？"韩灵脑袋里一片混乱，一时想不起这是何时何地，随口答了一句："我还没开学呢。"话刚出口她就醒了，呆了半晌，扑通一声跌坐床上。

她们说的都是多年以前的事。那时的韩灵还在上大学，她年轻、漂亮，在漫长的假期里夜不能寐，在漆黑的夜里偷偷思念着她的男朋友。

十九

“最后一个问题：你怎么看深圳这城市？”

刘元想了差不多有一分钟，拳头拄着下巴，对着摄像机慢条斯理地说：“深圳是个让人又爱又恨的城市。因为它坚硬的墙、冷漠的心，以及脆弱的生活。”

“脆弱的生活？”

是的，脆弱的生活。

再也没有坚不可摧的爱情，山盟海誓太容易被击溃，再坚固的感情也敌不过无处不在的诱惑。如果你是个漂亮姑娘，嫁人一定要嫁有钱人，既然结局同样是被抛弃，苦苦坚守的青春只换得一纸休书，又何必让你的美貌委身贫穷；如果你是英俊的小伙子，请记住今日的耻辱：你的爱情永远敌不过金钱的勾引，你万般哭诉，百般哀求，你的漂亮女友还是要投身有钱人的怀抱。所以，让仇恨带着你去赚钱吧，等你发了财，就可以勾引别人的漂亮女友了。

再也没有同生共死的友谊，如果出卖你能发财，没有一个人会舍钱而要你。酒酣耳热时的好兄弟，信誓旦旦的真朋友，都是你潦倒时的陌路人。1999 年 10 月 1 日深夜，有个二十一岁的江西姑娘服毒自杀，死前曾给二十几个人打过电话，那些人中有她的老乡、同学、曾经的男朋友，还有一个是她的堂哥。那天是新中国成立五十周年大庆，深圳街头礼花绚烂、彩旗飘扬，人人喜笑颜开，那姑娘在一片欢呼声中黯然死去，死前留下一纸遗书，感慨人世悲凉，说至死都没人挽留她，“没有一个人爱我，没有一个人关心我”。

“没有人关心你，所以你也不需要关心别人，”刘元慢条斯理地说，“在这个城市，钱比老婆重要，一张暂住证胜过所有的朋友。”

刘元在鹤堂公司工作了四年多，工资一涨再涨，到 1998 年 7 月，月收入已经超过一万两千元，虽然没法跟欧美公司的高级职员比，但勉强也可以冒充打工贵族了。那时的刘元一副白领派头，上武装到牙齿，下武装到内裤，一身都是梦特娇，一双鞋值一千多，连袜子都是名牌。每次出门办事，腋下总夹着一个黑乎乎的皮包，看起来粗不愣登的，却是正儿八经的 Polo，在西武百货打完折都要四千多。

同来深圳的三个人里，肖然成了千万富翁，住别墅开奔驰；陈启明账户上也有几百万，住豪宅开本田；只有他还是个穷光蛋。刘元一想起这些来就忍不住郁闷，眼中冒火，心里生烟，想肖然懂个屁的管理，陈启明懂个屁的投资，但他们说发财就发了财，自己枉有一身本领，却只能苦巴巴地挨日子，真是气死个人。人不能总是昂着头，往下看看，他混得其实也不算太差，他有个部下叫王志刚，北京大学的硕士，比他早来公司一年，干了这么久，工资连他的一半都不到；小师弟张涛就更惨，在深圳混了半年，破产了一次又一次，所有能借钱的地方都借到了，最后跟刘元乞讨了四百元，灰溜溜地回了家。过了几个月又卷土重来，发誓不混出个人样来死也不走，但到现在也没找到一份固定工作，隔三岔五来找刘元融资。刘元施舍了两次，一次三百，一次两百，虽然明知道这钱是打狗的肉包子，却也不好意思拒绝。谁知张涛借钱上瘾，一而再、再而三地登门，用刘元的话说就是“逼着我不讲义气”，只好老着脸皮拒绝。张涛大和尚化缘不成，凄凄惨惨地下了楼，一边走一边呜咽不止。刘元看在眼里，酸在心头，不过想想也是没办法，谁又能照顾谁一辈子呢？

刘元的房子还没装修，也没什么家具，空荡荡的。公司名义上把这房子赏给了他，产权证却一直扣着，说是要再服务三年。日本鬼子的公司注重亲和力，讲究终身雇用，不过花招也不少，有那套房子钓着，他即使想走也走不了。1998 年的刘某人在深广管理界颇为有名，经常参加各种形式的管理沙龙，有时候还当演讲嘉宾，一谈起他的“责任——程序——标准”的管理模型，台下总是一片赞叹。几家猎头公司都找过他，说你跳槽吧，保证工资比现在高得多。刘元听了只有苦笑，感觉像条咬了钩的鱼，想挣又挣不脱，房子，唉，房子，在城市里生活，还有什么是比它更大的鱼饵？刘元已经厌倦了搬来搬去的生活，找房子、看房子，向中介赔笑，对保安作揖，然后搬着那堆破破烂烂的家具走上大街，谁看你都跟看叫花子一样，想想都要脸红。

跟赵捷约会了两次，也上过床了，但刘元一直没找到恋爱的感觉。他经历了那么多女人，温柔的、泼辣的、冷淡的、热情的，曾经沧海难为水，如今连太平洋都蹚过了，还能找着真正的水吗？所以赵捷一说起那些爱不爱的，他就浑身难受，怎么听怎么像撒谎。赵捷是个善解人意的姑娘，除了腰长腿短，没什么明显的瑕疵。她一天跟刘元通一次电话，每周末跑过来睡两晚。刘元笑着陪她逛街，笑着陪她吃饭，笑着do他想do，do完了心里总是空落落的，搂着她光滑的身体，想起当年的韩灵，想起那个叫程露的妓女，想起他床上躺过的那些同样光滑的身体，他有时会这样问自己：这世上，真有一种东西叫作爱情吗？

按刘元的收入，每月应缴个人所得税上千元，但实际纳税不过几十块钱，公司的工资制度非常精明：只有基本工资纳税，而这基本工资只占百分之十，其他的都是补贴：职务津贴、住房补贴、通讯补贴、交通补贴……日本鬼子口口声声说是为了保护员工权益，其实不过是避税的借口。身为公司的高级主管，刘元并不像看起来那样威风，实际上一直是被怀疑、被排斥的一族，每天只处理些鸡毛蒜皮的事，完全接触不到核心技术和核心机密。那些该死的“皇军”，跟他去嫖妓时点头哈腰的，一谈到晋升，谁都没拿他当盘菜，即使像狗一样忠心都没用，谁让你是中国人呢，可见当汉奸是没有好下场的。而且刘元也清楚：就算在公司做到死，也绝没有可能再升官，日本鬼子压根就信不过你，能当个职能部门的总经理，已经是顶了天了。

那是1998年9月，刘元发了他在鹤堂公司的第一顿脾气。南山分厂新招了一名叫刘晓梅的会计，刚上班十几天就被炒掉了，本来按公司规定，炒人是刘元的事，要出报告、发通知，还要进行离职谈话，一定要让员工滚得心服口服。但这次炒人，刘元一直被蒙在牛皮鼓里，直到半个月后才知道。为这事他把南山分厂的孙厂长骂了十几分钟，老孙在电话里十分委屈，说我有什么办法，是总部通知我这么干的。刘元一愣，知道此葫芦里必有丹药，心思转了转，说：“你马上联系刘晓梅，我要跟她补一次谈话。”然后给老孙上课，“你知道什么叫人性化管理？这就叫人性化管理！”

人性化管理之后，他就走开了霉运。根据刘晓梅供述，公司有重大的偷税嫌疑，恐怕每月都要偷个几十万，然后列举了两笔可疑的付款凭证，说她就是因为看到这凭证多问了两句，所以被灭了口。刘元不懂财务，曲曲折折地审问了半天，最后得出结论：不管刘晓梅说的是真是假，公司都脱不了犯罪嫌疑，否则干吗这么鬼鬼祟祟的。日本鬼子胆敢再次犯我中华，这事非同小可，上关乎国家气运，下关乎自己的房产证，去吓唬他们一下，说不定就能有什么好处。刘元当年虽然当过积极分子，但在深圳混了这么多年，早就明白了“票子比气节重要”的道理：没有票子，哪来的气节？有了票子，还管他什么气节。

十天后，他一脸严肃地找鬼子老板摊牌，开口就是外交辞令，说离职员工刘晓梅投诉公司偷税，希望公司能及时给她答复。那个日本老板是个中国通，熟读《孙子兵法》和《三国演义》，知道“兵不厌诈”的道理，歪着脖子想了半天，说：“刘君，你知道的，鹤堂公司从来都没违犯贵国的法律，即使出了什么问题，也只能怪贵国的法律不够完善。”这话挺气人，刘元梗着脖子坚持，说：“我还是希望公司慎重处理此事，避免出现更严重的后果。”那“太君”笑了，色眯眯地盯着他看了一分钟，阴恻恻地说：“贵国有个成语叫‘投石问路’，刘君，你不是在问路吧？”刘元被说中了心思，脸微微地红了红，知道该表态了，说：“我这完全是为了公司的利益，另外，作为一名中国人，我希望公司能够真正地尊重我的国家。”想想有点惭愧，到公司四年多了，他还是第一次说自己是中国人，以前从来都只谈“以公司为家”。日本“太君”喝了一口茶，表情不咸不淡地说：“我知道了，你出去吧，公司一定会慎重处理的。”

接下来的一个月是刘元一生中最悲惨的时光，先是被关了七天，出来后工作没了，房子收回去了，连赵捷也不理他了。失业继之以失恋，破财继之以破家，刘元一时想不开，爬到地王大厦楼顶，差一点就跳了下来。关于这一切，他直到最后也没弄清楚，不知道那是阴谋还是天意，但不管是日本人陷害了他，或者是上帝陷害了他，都已经不再重要，时隔多年之后，刘元笃信佛学，谈起这段经历，他若有所思地说：“一切有为法，如梦幻泡影，如露亦如电，当作如是观。”

吓唬“皇军”的第二天，他带一个鬼子去福兴街找女人，那是个周末，他对赵捷撒了个谎，说要去江门出差，让她自由活动，还顺便来了句荤的：“你先憋着，养足精神，等我回来再收拾你。”赵捷咯咯地笑。午夜之后，他带着鬼子直接去到紫水晶美容院，把大厅里的七十多个小姐逐一检阅了一遍，最后挑了一个波大如斗的奶妈。老板娘是老熟人了，力劝刘元自己也打包一条女，带回家慢慢享用。刘元笑着摇头。他戒嫖一年多了，自从上次生过大疮，他对嫖娼这事一直有点怕，表面上一个个都如花似玉，但脱了裤子有几个是干净的？另外刘元也玩够了，声称要为未来的妻子“保留最后一点清白”。付了出台费后，他带着那对狗男女上了出租车，日本侵略者在后面摸摸索索地做小动作，中国花姑娘哧哧娇笑。刘元耳中听音，心头暗笑，正得意呢，出租车转上了深南大道，一堆警察如狼似虎地把他们截了下来。

那是1998年9月27日，中秋节快到了，明晃晃的月亮挂在中天，照得人间一片清光。

法律面前人人平等，那是对中国公民说的。要是外国人也跑到法律面前，那中国人就只有干等，没有平等。面对警察的询问，日本嫖客出示了一下护照就没事了，只剩下刘元和那个瑟瑟发抖的姑娘。嫖客临走前隔着车窗跟刘元对视了一会儿，两个人脸上都没什么表情。车开动了，那鬼子轻轻地笑了笑，笑得一脸奸诈，刘元心里突然涌上一股不祥的预感，微微地哆嗦了一下。

“你和她什么关系？”

“朋……友。”刘元强作镇定。

“朋友？她叫什么？”

刘元傻了，嘴唇哆嗦了半天，一句话都说不出来。那姑娘也在发抖，抖了一会儿，眼泪吧嗒吧嗒地掉了下来。

“嫖娼，罚款三千。再把你的暂住证拿出来看看。”

刘元身上有三千二百元，缴罚款不是问题，但他的暂住证过期了。

刘元快哭了，结结巴巴地辩解："不是我，是那个日本人要嫖，我只是带他……带他过来。"

"再说一遍，"警察冷冷地笑，"你是说你介绍卖淫？"

刘元脑袋嗡地一响，知道大事不妙，嫖娼只不过罚罚款，介绍卖淫可就是犯罪。他一下子抖了起来，心中像是有什么东西不断地塌下来，轰轰作响，"是我，是我嫖娼……"说着一屁股坐到了地上，"我错了，你放过我吧……"

"生活是脆弱的，"刘元说，"你辛辛苦苦地经营，一个意外就能让它全部粉碎。"

"从那以后我就知道，"刘元说，"这世上谁都靠不住，落难的人没有朋友。"

他打陈启明的手机。响了三声，断了，再打过去，已经关机。

他给张涛打电话："你能不能帮帮我？带一千块钱来，我明天就还你。"张涛像是没睡醒，含含糊糊地说我哪有那么多钱，上次跟你借你都不肯。刘元结结巴巴地哀求："你找人借，找人借……"电话断了，话筒里传来沉闷的嘟嘟声。

这事不能让赵捷知道，韩灵还在鞍山。深圳没有刘元的女人。

他给部下王志刚打电话，电话响了半天没人接；他给南山分厂的老孙打电话，大概是记错号码了，对方说了句"打错了"，砰地挂了机。

还能打给谁？在这四百万人口的城市，谁会记得一个没带暂住证的人？

收容所里的刘元晃了两晃，扑通一声坐到地上。

中秋节快到了，温柔的月光下，深圳清辉洒遍，处处生辉，就像天堂。

二十

陈启明1998年总结了他一生的三大失败：做丈夫失败，做情人失败，做生意更是失败。他帮别人出主意、选项目，选一个中一个，没有不赚钱的。孙玉梅要做服装生意，他给她买了两节柜台，选了一个“顺马”运动品牌，一个“歌丽雅”女装品牌，一个月能卖七万到十一万，纯利润至少两三万，那两节柜台也不断升值，1996年值十六万，到1998年就是三十万。他帮肖然注册的“伊能净”，1997年被评为深圳市著名商标，销售网络遍布全国，品牌价值至少一个亿。黄芸芸有个堂哥，大字不识几个，钱多得心里发慌，找陈启明出主意投资。陈半仙考察了一个多月，让他在东莞步寮镇开了个小厂，专门加工硅胶，就是垫在乳罩里那种凉粉一样的东西。1997年2月建厂，到11月底，共收到一百七十万美元的订单，黄堂哥赚得盆满钵满，买了一辆银色的奔驰小跑车，身边时有青春靓女，有一次还带到他家来，靓女和黄芸芸互相辉映，让陈启明十分愤慨。

那是1997年9月，陈启明在股市上屡有斩获，先是买了六万股深科技，每股赚了四块多，接着买了十六万股深金田，成交均价六点四元，涨到七块二他就全抛了出去。1997年著名的“琼民源事件”不知坑了多少人，陈启明不仅没上当，还小小地赚了一票，他从十九块多接手，一直捂到二十四元，足足赚了三十多万。

他炒股用的是黄芸芸的账户，取钱、转账都要用她的身份证，这事毫不困难，因为身份证就在他口袋里。从1月到9月，他炒股一共赚了九十多万，跟黄芸芸汇报时却说只有九万多，打了个大埋伏，然后把这钱全部转进了自己的私人账户。转账的时候他犹豫了一下，想起了儿子胖乎乎的笑脸，想起黄芸芸总是一副讨好的模样，心里轻轻疼了一下，犹豫了半天，最后还是把单据拿了过来，刷刷地签了名。

那天回家时他给黄振宗买了一辆玩具车、一个能跳的塑料青蛙，给黄芸芸买了四支SK-Ⅱ，共花了六千多。黄芸芸笑得眼都睁不开了。结婚这么多年，陈启明还是第一次给她买礼物呢。黄振宗呜呜地开他的车，陈启明慈爱地抱起他，小家伙在他怀里又蹦又跳，嘴里爸爸爸地叫着，逗得他嘿嘿直笑。笑完了闹完了，他心满意足地走进书房，关起门来翻了几页书，隐隐约约有点不安，隔着门缝往外看了一眼，空旷的客厅里，他的妻儿正无邪地笑着，显得幸福而又孤独。陈启明看在眼里，突然心酸起来，轻轻地叫着自己的名字问：“陈启明，你会珍惜这一切吗？”

有了钱，生意自然就会找上门。陈启明那段时间考察了十几个项目，从酒楼到度假村，从化工原料到音响器材，还注册了一个音箱品牌叫“雷声”，英文名是“listen”，想了一句广告语叫“于无声处听惊雷”，不过因为资金不足，最终也没能搞成。1997年10月，他找老丈人投资，在振华路开了一家叫“明月岸”的酒楼，转让费、租金、装修一共花了五十几万。按照陈老板的设想，明月岸要做成深圳最有文化的酒楼，每个包间都有一个典故：金谷园、避秦居、梦得亭，还有一个叫潇湘馆，布置得像林黛玉的故居，号称专供美女使用。菜名也有很多讲究，油麦菜叫凤尾，西兰花叫绿菊，姜葱炒蟹不叫姜葱炒蟹，叫“无肠公子叹沧桑”，听起来鬼头鬼脑的。酒楼开业那天，肖然派周振兴率领二十多名员工前来捧场，吃完后老周颇有感慨，对肖然说：“他这酒楼恐怕要赔钱，人家吃菜吃味道，你这同学可好，把菜弄得像文物一样，味道差不说，还卖得那么贵。再说他跟文化圈又没什么联系，人家到哪儿文化不好，非跑他这儿来文化？”肖然大笑，结果却正如周振兴所言：明月岸从开业后一直很冷清，陈启明使了无数招数，先打折再酬宾最后送绍兴状元红，还请了两个靓女，穿着高开衩露臀旗袍帮他把门，却一直未能扭转败局，眼看着旁边的明香楼和北海渔村挤到爆棚，心中鬼火冒，肚里恶气生，最后一天卖不到两千元，连租金都赚不回来，辛苦支撑了五个月，实在撑不住了，只好把店盘出去了事。

酒楼老板陈启明那次共赔了七十多万，虽然这钱不是他的，但见了老丈人还是有点不好意思。为了挽回损失，他后来又做了点其他生意，搞包装材料，做婚纱摄影，有的微亏，有的保本，总而言之是没赚到钱。黄村长仁发笃信狐狸精，到黄大仙庙替他算了算命，说他这两年走倒灶运，做实业肯定要赔，不如歇手好好炒自己的股。陈启明不信这个邪，去香港考察了一圈，在酒吧里看见德国的Restinlin甜酒卖一千三百多，而供货价才几十块，觉得此中大有商机，于是兴冲冲地跑去见Restinlin的代理商。一个名叫奥斯卡的香港烂仔，交了五万港币的保证金，预付了四十多万的货款，回家后到处联系销路，跟深圳的几家酒吧都签了合同，满以为这次可以大赚一笔，没想到过了十多天货还没到。陈启明知道要坏事，连夜跑到香港，一把揪住奥斯卡的衣领，连声催促他还钱。奥斯卡几乎被勒闭了气，百般辩解，说是德国原厂的问题，让他回去继续等，最多一周之内就能到货。陈启明虽然厚道，却也不是傻子，知道此人不可相信，打死也不肯回深圳，一步不离地跟着他。奥烂仔没办法了，说既然你信不过我，我就把货款退给你，但是保证金不能退，谁让你“have no credit”（没有信用）。No credit就no credit，遇到骗子，能拿回货款也算烧高香了。陈启明跟着他来到中环的考克咖啡吧，奥烂仔拿出支票簿刷刷地填了两笔，说：“这下咱们两讫了，你帮我看一下包，我去一下洗手间。”洗手间就在十几步之外，陈启明没想到会有空城计，拿着那张支票翻来覆去地审查，过了五六分钟也没见人出来，知道坏了，跌跌撞撞地冲进去，像猎犬一样吸着鼻子到处搜索，却连只苍蝇都没发现，最后一抬头，看见厕所后门大开，一条亚麻布帘在风中漫卷来回，原来奥某人早已作法尿遁而去。

从那以后，陈启明再也没找老丈人要过钱。每次黄家聚会，谈起谁谁谁又赚了多少，他就一脸羞红。黄仁发虽然没什么文化，但欧洲美国都去过，见过一些世面，没太把这事放在心上，有时还会安慰这个败家的女婿，说："不就一百多万吗，等你走完这两年霉运，选个好项目，几天就赚回来了。"陈启明拜服于地，作感激不尽状，心中却想："谁知道两年后我在哪里呢。"

一入侯门深似海，陈启明没入过侯门，但进了村长家的门，感觉水也不浅。前黄村长辖区之内有赌马场、美容院、夜总会，干的都是不容于广大人民的勾当，这些人要么是黄村长的朋友，要么就是他的世侄；黄芸芸的姐夫开了个红玫瑰夜总会，黑白两头混，不要说平头百姓，就是一般的警察都惹不起。有次某派出所指导员到他那儿搞事，在338包间抓了一个吃摇头丸的本地烂仔，声称要封店。黄姐夫给了两万他还不满意，口口声声威胁说要把店里的人全抓进去，惹得黄姐夫无名火起，打电话叫来六十多条大汉，把门口堵得死死的。指导员见了这阵势，裤裆里阵阵发冷，赶紧借坡下驴，拿着两万块灰溜溜地下了楼。黄姐夫吃饭的时候说起这事，豪情大发，说："老子一生不受人欺负，真惹得老子发了火，拼了生意不做老子也要干掉他！"

繁华背后，处处杀机。陈启明知道利害，所以每次跟孙玉梅约会都小心翼翼的，出门防盯梢，进门怕偷窥，每次都是他去酒店开好房，然后让孙玉梅送货上门，开始的时候孙玉梅很爽快，招之即来，来了就脱裤子，慢慢地就有点拖拉，说要送货、要结账、要请商场经理吃饭，有时候一吃就是几个小时，陈启明把一条烟抽光了还不见她的人影。做床上保健运动时也有点心不在焉，哼啊哼的，小半像快活，大半像对付。陈启明本来就有点紧张，一边飞擒大咬，一边还要竖着耳朵听门口，再加上孙玉梅的"消极抗日"，战斗力渐渐减弱，一天比一天体力不支。有一次比赛只持续了两分多钟，陈启明觉得自己辜负了广大人民的殷切期望，正惭愧呢，孙玉梅扯过一张纸来擦了两把，不顾陈大户朝霞般的脸色，不咸不淡地说："咱们下次干点别的吧，老做这个也没什么意思。"说得陈启明几欲自杀。

以前每次约会，陈启明总要掏个三百五百的，说是给孙玉梅的交通费，但事实上打车用不了几个钱，这钱更像是肉金。孙玉梅来者不拒，有钱就往口袋里装，慢慢地光肉金也赚了一两万。到 1997 年 11 月，“顺马”运动服饰选她作广东总代理，给了九十几万的铺底货，孙玉梅在广东电视台打了几天广告，找了几个分销商，不到一个月就全卖了出去，净赚了将近二十万。眼看着手里的钱越来越多，她就不太把陈启明当回事了，总是说生意忙，脱不开身，有时一个月都见不上一次面。

1998 年 4 月 23 日是陈启明二十七岁生日，晚上一家老小出去大吃了一顿。陈启明喝了两瓶啤酒，想起自己二十七年的风雨历程，想起高中时被小地痞欺负到不敢出门，想起游行之后挨了处分，被老爹当众殴打，想起这辈子没有谁真正地爱过他，心中伤感顿生。把老婆孩子送回家后，一个人到咖啡馆里坐了一会儿，本以为孙玉梅会问候一声，但一直到十二点也没等到那个电话，他失落得像丢了钱包，犹豫了再犹豫，终于忍不住拨通了孙玉梅家里的电话。

孙玉梅住在莲花一村，离他住的深海花园相隔半个小时的车程，一月租金一千五百块，陈启明打电话时想：“这房子的押金还是我出的呢。”

电话响了三声，断了。陈启明再拨，响了一下，又断了，话筒里一片忙音。他怒气暗生，气呼呼地发动起他新买的广州本田，踩着油门就往莲花山开。

那时候黄振宗已经睡熟了，黄芸芸关了灯，蹑手蹑脚地走到门口，想去睡又有点不舍得，眨了两下眼，悄悄走回床边，在儿子的小脸蛋上轻轻地亲了一下，黄振宗唔了一声，小爪子甩了一下，嘴唇吧唧吧唧地响，似乎在嚼着什么好吃的东西。黄芸芸这下满意了，像个白痴一样咧开嘴，在漆黑的夜里无声地笑。

“来来来，我给你们介绍。”孙玉梅身上只披了件睡衣，但神情落落大方，就像在主持春节文艺晚会，“这是我男朋友，刘坚；这是我大学同学，”她若有若无地看了陈启明一眼，“启……陈启明。”

刘坚大概有一米八高，身上随随便便地围了条浴巾，肌肉鼓鼓，胸毛飞飞，看上去像嫪毐一样威猛。陈启明自惭形秽，又惭愧又尴尬，站也不是坐也不是，先看看刘坚，刘坚一脸坚硬的笑，再看看孙玉梅，孙玉梅俏脸潮红，像心虚又像是幸福。陈启明像掉进醋缸一样，心里心外酸浪翻涌，坐了足有两分钟，才想起来要说点什么，强笑着问孙玉梅：“我打扰你们了吧？”孙玉梅也笑，说：“不打扰不打扰，你和刘坚先聊着，我去泡茶。”

“不用了。”陈启明摇摇晃晃地站起来，嗓子眼堵了一口苦巴巴的痰，又干又涩，几乎连话都说不出来，他看着孙玉梅，鼻子一酸，眼圈不由自主地红了。孙玉梅好像也有点难过，勾着头不知说什么好，尴尬了半天，听见他轻轻地说：“我走了，玉梅……再见。”

那天陈启明一夜未归。黄芸芸等到天亮，心里微微有点不安，想给他打电话，拨了几个号又停下来。她呆呆地坐了半天，最后轻手轻脚地走进书房，看见四壁雪白，窗明几净，床头放着一个粉红色的礼品盒，正在黎明的阳光下静静地闪着光。那是一块一万多元的雷达表。黄芸芸撕开包装，拿在手里翻来覆去地看，想起自己在商场里挑来选去的样子，还有售货员厌恶的表情，咧开嘴轻轻地笑了一下。

那是陈启明二十八岁的第一天。上午十点钟的时候，孙玉梅接到一个电话，喂了半天都没有回应，正要收线，听见里面没头没脑地说："如果我去离婚，你会不会……"

孙玉梅一言不发，坚决地挂了机，然后一脸微笑地对刘坚说："你晚上早点回来，我等你吃饭。"

那时黄芸芸正在逛超市，挑了三把牙刷、两条毛巾，还有一大瓶洗洁精。黄振宗在她身边跑来跑去，楼口的自动扶梯很好玩，人站着不动就能上楼下楼，他咯咯笑着往那里跑。黄芸芸正在犹豫买哪个牌子的洗发水，一回头发现儿子不见了，她抬头四处张望，黄振宗就要踏上扶梯了，黄芸芸大喊一声，抛下购物篮，像疯了一样直冲过来。

超市里很热闹，人们不约而同地转过头，静静地看着那个奔跑的女人。

1998 年 4 月 24 日，深圳富迪超市。如果你去过那里，你一定会看见那个受伤的孩子，还有他丑陋的母亲，她紧紧地抱着他，坐在地上大声地哭。

二十一

如果不是大四食堂里的那件事，肖然肯定不会来深圳，他可能回老家，也可能去鞍山，找一份安定的工作，有自己的妻子、孩子和房子，会为了看球赛跟老婆吵架，也会因为孩子早恋而失眠，涨工资高兴，如果不幸下岗，他可能要躲起来偷偷地哭一场。也许某一天他会放纵一下，在出差时，在路边的美容院里，跟某个陌生的、或丑或美的女人。放纵完了心中内疚，回家后对老婆加倍温柔。那样他肯定成不了亿万富翁，但也不会只活到三十二岁，死的时候四顾空空，身边一个人都没有。

韩灵说:“他今年三十三岁，再过十一天，他就要过生日了。”

那是我第一次见到韩灵。听说我要写肖然的生平，她似乎有很多话，但一时不知从何说起，犹豫了半天，忽然冒出这句话来，然后是长久的沉默。

“他家在农村，我家里也不富裕，所以上学时我们俩一直都很穷。三毛钱买六两米饭，我吃二两，他吃四两；八毛钱买两份菜，几乎从来见不到肉，偶尔有一两块，他总是把瘦的给我，肥的自己留下。二食堂东北角有个情人专区，我们总是坐在那里，拿免费的菜汤当酒，你喝一口我喝一口。有一天肖然跟我开玩笑，说有你在身边，喝菜汤都能把我喝醉。”

在1991年的照片上，韩灵清秀、朴素、瘦削，笑起来有点腼腆，脸上总是挂着淡淡的红晕。那是她一生中最好的时光，经常收到情书，每周末都会有人约她，“去看电影吗？”“去跳舞吗？”韩灵一概摇头，牵着肖然的手，在月光清远的夜里袅袅远行，在身后留下一片叹息。

“那时他快毕业了，因为那年游行的事，学校对他有个鉴定，工作不太好找。我心里希望他能去鞍山或者沈阳，肖然自己想回合肥，不过最终都没定下来，但我对他说过，不管去哪里，我都会跟着他。

“那天的事是个误会，他去参加就业见面会，回来得晚了点，我没等他吃饭，买了一个馒头，一份白菜粉丝，坐在我们的老位置，刚吃几口，我们班的李向东走过来，开玩笑说‘你男朋友不在啊，我来当一下替补’。”

2003年7月16日，李向东专程赶到深圳，韩灵请他吃饭，席间他半开玩笑半认真地向韩灵求婚，说：“我等了这么多年，肖然也死了，你到哪儿找我这么好的人，不如嫁给我算了。”韩灵光笑不说话，过了半天，她意味深长地说：“我的钱都是肖然给的，你那年打得他一脸是血，他可一直记着呢。”

李向东一辈子都在长粉刺，脸像大庆油田一样随时往外冒油。他家庭条件不错，是韩灵班上有数的富人。坐在韩灵面前后，看见她的大餐，他咋咋呼呼地喊了一声，说你就吃这个啊，然后不由分说地跑到二楼小炒部，买了一份清炖排骨、一条红烧鱼、一份尖椒炒鸡蛋，哐当哐当地摆在桌子上，财大气粗地说："吃吧吃吧，我请客，你看你，瘦得真让人心疼。"

"肖然爱吃醋，别的男人对我笑笑，他就会不高兴。"韩灵慢慢地说，"不过从 1998 年开始他就变了，即使我死了……他都不会看我一眼。"

肖然饿着肚子从市内赶回来，看见韩灵对面那个嬉皮笑脸的大粉刺，一肚子都是废气，等走近了，看见桌上的鸡鱼排骨，想我在外面辛辛苦苦地跑，你倒在这儿大吃大喝，火更是不打一处来，酸眉苦脸地问："给我打饭了没有？"韩灵知道他醋劲发了，赶紧赔笑，笑得像被人扇了一耳光，说："我以为你中午不回来了，你坐着，我马上、马上就去买。"

肖然肚里醋浪滔天，鼻孔呼哧呼哧地响，喷了半天响鼻，气哼哼地站起来，说："算了，我吃什么吃，你什么时候想过我。"说完转身就往外走。韩灵还没来得及说话，旁边的李向东愤然而起，一把抓住了肖然的胳膊，没叫名字，说："嗨，不要走嘛，这么多菜，足够咱们三个人吃的。”

战争就是这么引起的。李向东话音刚落，肖然双掌齐出，一把将他推了个趔趄，说：“你是谁啊，谁跟你三个？”李向东晃了两下没站稳，砰地撞在后面两个女生身上，撞得勺子上天，饭盒落地，一片惨叫。旁边的人呼啦一声全围了过来。李向东吃了这一推，脸上有点挂不住，站起身来愤怒地质问：“你他妈的没钱，我请她吃点好的又怎么了？”这下可把肖然气炸了，他一跳三尺高，一边问候李向东的祖宗，一边手脚并用地跳过了桌子，李向东见势不好，刚要躲闪，脑袋上已经重重地吃了一拳，眼冒金星时听见肖然说：“我让你跟我牛逼！我让你跟我牛逼！”

那次战斗持续了一分半钟，根据韩灵的统计，肖然共计出拳五次，出脚两次，命中率百分之百；李向东只出了一拳，不过这一拳是决胜的一拳，打破了肖然的鼻子，打落了他的眼镜，打得他双眼流泪、满脸是血，一屁股坐到地上，嘴里兀自喃喃骂战。韩灵见状，惊呼一声，纵身跃进圈内。李向东的表情三分像生气，三分像高兴，还有几分酷似陈水扁，他轻蔑地看了看自己的拳头，气焰嚣张地对韩灵说：“要不是看你的面子，哼！”

那是肖然生命中不能承受之败仗，在分析失利原因时，他把全部责任都推到了韩灵身上，说韩某贪慕虚荣，爱钱胜过爱他，因为李向东能请她吃鱼，而他请不起。他说着说着就哭了起来，千般往事万般苦难都涌上心头，抽抽搭搭地对韩灵说：“我很穷，但我很爱你，我一定要让你过上衣食无忧的生活！”

“我很穷，但我很爱你。”

这句话韩灵说了两遍，然后又是长久的沉默。

那是1991年4月22日。两个月后，肖然带着一千五百元钱和一点简单的行李，只身南下，在人潮涌动的深圳火车站，他看着冲来荡去的民工大军，心中有点失落，忍不住给韩灵打了个电话，说:“我为理想而来，但只有你知道，这理想是什么。”

肖然是个农民。这一点在1999年之前是他的隐私，1999年之后就是他的荣耀。每次在公司训话，他总要这样开场:“我是一个农民的儿子……”然后谈他的勤奋、节俭、诚实，以及创业路上的种种艰辛，谈得唏嘘不已。旁边的周振兴和陆可儿黯然低首，也是唏嘘不已。尽管道路曲折，但前途总是一片光明，肖总裁的训话总要这样收场：“英雄不问出处，只要诸位努力、节俭、诚实，总有一天，你们也会像我一样。”

这就是肖然神话，从农民到总裁，从一无所有，到富比王侯。尽管他不比别人更勤奋、更节俭，而且无论如何都算不上诚实，但他成功了，有成功作证，所有的污点都成为美德，所有的谎言都成为颠扑不破的真理。君达公司流传着一个“打包”的故事，说肖老板在路边的苍蝇馆子吃饭，吃到最后还剩下一点盘子底，肖老板如此节俭，不肯浪费，就让服务员打包。服务员心中来气，摔摔打打地给他装了一个饭盒，连司机都觉得丢脸。肖老板不以为耻反以为荣，教训他们道 :“那么多人连饭都吃不上，你们就忍心浪费？这点菜虽然不值几个钱，但也是资源，可以送给路边的乞丐，也可以带回家喂猫喂狗——我最不能容忍的，就是浪费资源！”

这故事是谁编的已经说不清了，但越传越广，越传越神，最后就成了君达公司重要的企业文化。2001 年，一个叫董玉飞的小伙子写了一篇文章，叫《心疼每一张纸》，文中多次引用“打包”的典故，反复强调勤俭节约的重要性。是啊，人家亿万富翁还心疼盘子底呢，你一个打工仔，有什么理由不心疼每一张纸，有什么理由滥用公司资源？甚至，有什么理由抱怨工资不够花？

周振兴说 :“理直气壮地撒谎，小心谨慎地行骗，死之前不要说实话。”

到 1999 年，君达公司已经开发出四大产品系列，七十几个品种:“伊能净”牌香皂、沐浴露,“冰心”牌护肤霜、洗面奶,“零度香”香水,“娇滴”口红、眼影……以“伊能净”沐浴露为例，六百毫升的沐浴露，包装瓶一点六元，膏体一点七五元，加起来三块多，但一摆进商场柜台就成了四十一元，相差十几倍。彩妆和香水的赚头更大，比例接近一比三十，生产成本一块钱左右的口红，在上海华联的柜台上，最高卖到五十六元。巨额的暴利使君达公司像气球一样急速地膨胀，组建了九个销售大区，二十一个销售分公司，员工总数超过四千人。年底的时候周振兴结了一下账，肖然全年共赚了一点六个亿，平均每月一千三百多万，每小时进账一万八千元。

"我是一个农民的儿子。"肖然说。那是他第一次在电视上露面。1999 年 8 月，长江第三次洪峰抵达湖北宜昌，君达公司带头向灾区捐了六百万元财物。这事也有名堂：这六百万是以零售价计算的，如果折算成生产成本，最多不超过六十万，而且全是积压产品，有一些还是退回来的残次货。捐完这笔巨款后，有电视台的人上门采访。肖大善人西装笔挺地坐在摄像机前，手扶脖子上价值四千元的双绉真丝领带，开口就说自己是农民的儿子，因为勤奋、节俭、善于思考，所以二十九岁就成了亿万富翁。谈到创业的艰辛，肖大善人一如既往地低下了头，旁边的人跟着唏嘘不已，情景十分感人。节目播出那天，勤奋、节俭、善于思考的肖老板在保镖陪同下去了拉斯维加斯，在那里玩了两天，一共输了一百七十万美元。这笔钱如果换成实物，可以在鞍山买一百二十套安居房，解决六百人的住房问题；也可以买一百五十辆桑塔纳，摆满整个停车场。

1999 年肖然圆了两个梦：第一是回母校捐了一百万，混了个荣誉博士。拿着那张硕大丰满的学位证书，肖博士心潮起伏，久久难以释怀，最后忍不住给陈启明打了个电话，说我现在有资格鄙视一切学者了，没有谁不能被钱收买；第二个心愿花费得多一些，为了跟钟曼琳约会，他掏了四百二十万。就在他太子山庄的别墅里，这位国际知名的影星，万人景仰的偶像，肖然学生时代的梦中情人，撕下了尊贵的晚礼服、贞洁的白纱裙，在卧室里，在阳台上，在客厅中央的沙发上，她一丝不挂，有时横躺，有时斜卧，任肖然恣意搓弄，大声呻吟，咯咯浪笑，像个最淫荡、最下贱、最粗俗的妓女。

肖然说："我在你脸上烫个烟头吧。"

钟曼琳缓缓地张开双腿，说："要烫就烫这里，千万别烫脸，我还要演戏呢。"

那也许是世界上最昂贵的一支烟，它烫得尊严尖叫，烫得理想红肿，烫得青春皮破血流，但是，它值两百万。

这就是真相，肖然醉醺醺地说："为了金钱，再尊贵的公主都可以拿烟头烫。"

1999年12月31日，君达公司召开年度表彰大会，这是君达公司历史上规模最大的集会，四百多名员工组成了一支浩浩荡荡的队伍，从长天大厦一直排到深圳会堂，一路高唱《君达赞歌》：

所有的理想都扛在我肩上

所有的未来都放进我行囊

当汗水落进艰辛大地

我的朋友我的同志

你定会在汗水中看见天堂……

那次表彰会花了一千四百五十万。五十万会务费，一千四百万奖金。华东区总经理赵飞琼拿了四十六万，广东区总经理区嘉拿了三十八万。颁奖完毕，赵飞琼作为员工代表上台发言，这个四十多岁的前售货员说着说着就哭了起来，说感谢肖总，只要你不嫌弃，我会一辈子追随你。说得台下嘘嘘不已。这个发言引发了一场声势浩大的表忠心运动，共有四十三名员工在《君达之声》上发表文章，一致表示要“甘苦与共，风雨无阻”，向肖老板奉献一生的剩余价值。作为这场运动的幕后策划人，周振兴在三年之后这样评价：“迷信确实愚蠢，但也有它的价值。”

那一年肖然给了周振兴四百万，外加一辆宝马 530；给了陆可儿两百四十万，外加一辆红色的三菱跑车。到 7 月份，肖然在蛇口海荔花园买了七套豪宅，每套都超过一百万，除了自己的父母家人，还给了周振兴和陆可儿一人一套。2002 年中秋节前夕，周振兴提着一包月饼去看望肖然父母，在楼梯转角看见了卫嫒，她还是那么漂亮，偎依在肖挺怀里又说又笑。周振兴愣了一下，低着头走了过去，感觉肖然的样子前所未有地清晰。

表彰会那天，肖然喝得大醉，在深南大道上哇哇狂吐。周振兴一边开车，一边忍不住地恶心。那时已经是午夜了，彩灯闪烁，歌声飘扬，每个人脸上都洋溢着幸福的笑容。肖然吐完了，抖了两抖，突然呜呜地哭起来。

周振兴有点不知所措，推了他两下，先叫老板，再叫肖总，最后直呼其名，说："肖然，你怎么了？"

肖然哭得直打饱嗝，呜咽着说："你帮我……呃……打个电话……"

"给谁？是韩灵吗？"

肖然点头，周振兴停了车，噼噼啪啪地拨号，还没拨完，肖然突然醒了过来，一掌把手机打落，冷冰冰地说："不打了，开车！"

周振兴捡起手机，慢悠悠地说了一句："其实打个电话也好，她现在……过得挺艰难的。"

肖然没说话，默默地转过脸去，远处传来一阵欢呼声，几朵礼花在半空中像雨一般绽放，照得深圳满城通明。

三年之后，我听说了另一个版本的故事。那是 1991 年的元旦，肖然也是喝得大醉，坐在女生楼下又说又唱，几个人都拉不起来。韩灵闻风赶去时，肖帅哥已经开始了第二唱段，抱着路灯呜呜地哭，哭得婉转悠扬，引来观者如堵。韩灵上去推了一把，肖然应声而倒，像被猫咬了似的苦着个脸，可怜巴巴地哀求："我要韩灵，呜呜，我要韩灵！"

韩灵又气又笑，说："傻瓜，我就是韩灵啊。"

"你不是，"肖然泪如雨下，"我爱韩灵，不爱你……"

二十二

在所有人的叙述中，我都能清楚地看见你的影子，你站在他们中间，有时悲伤，有时流泪；你站在深圳繁华的夜色里，神情迷茫，左右张望，像个无家可归的孩子；你漂浮在每一个角落，他们看不见你，他们踩着你，碰撞着你，一伸手就能摸到你，你怕极了，像人群中那个哭泣的小孩，你缩成一团，到处躲闪，但始终不肯走开。

我知道你在找什么，但你找不到它，肖然，你死之后，它一直都没回来。

韩灵被抢后回鞍山住了三个月。一到家就大病一场，发高烧到四十一度，身上压着两床棉被，还是不住地打哆嗦，嘴里咿咿呀呀地叫唤。韩妈妈省钱省惯了，没舍得送她去医院，一个人在家里琢磨偏方，熬糖姜水、烧大蒜头，还请对面楼神叨叨的老刘婆子化了两道香纸灰。韩灵服了不仅没好，反而更加厉害，脸色乌青，嘴唇抽筋，话都说不出来了，吃什么吐什么，一嘴的尿骚味。韩妈妈这才急了，连背带扛地把女儿弄到医院，事后才知道，如果再耽误个一两天，韩灵的小命都可能不保。

韩灵在医院里躺了整整两个月，肺炎、宫颈炎、附件炎，最要命的是急性肾衰竭，用韩灵自己的话说，是一肚子的烂下水，这都是当年湖北老队医的杰作。做完血液透析后，她整个人像瘫了一样，头上身上冷汗直流。她妈站在床边，哆嗦得像块凉粉，还没开口眼泪就滚了下来，说你遭了多大的罪啊。韩灵咬牙强笑，笑完了轻轻合上眼，在一片黑暗中想起四年前打的那次胎，那时也这么疼，肖然抱着她，眼中泪光闪烁，说："我真想替你疼一会儿。"

韩灵在家里住了三个月，让她妈多了半头白发。她还是神经衰弱，一夜一夜地睡不着，一合上眼就感觉眼前有人，高大的，矮小的，各种相貌的，站在黑影里，冷冷地、不怀好意地盯着她。韩灵被梦魇的巨石死死压住，徒劳地挣扎，无声地叫喊，每次醒来都是一身大汗。她妈迷信，一口咬定是撞鬼了，花两百块请老刘婆子来家里作法，呜呜呀呀地唱了半天，唱得韩灵哭笑不得，回房给她大学同学小米打电话。小米刚跟丈夫吵完架，一听见她的声音就开始犯酸，说："你的命多好啊，肖然那么有出息，哪像我，嫁了这么个窝囊废，他妈的连套房子都混不到。"韩灵笑笑，听见隔壁的老巫婆唱道："你要是缺钱花，嗯嗯嗯，我许你金和银；你要是有冤情，嗯嗯嗯，到阎王殿上申；听我好言劝，该动身就动身，嗯嗯嗯，不许害好人……"

这叫指路。据说人死后容易迷路，在阳阳交界的岔路口，那些亡魂总是要停下来久久徘徊，跟随每一个他爱过或恨过的人，久而久之，他就会忘了自己是谁。韩灵说：“有一天我梦见了他，就在四海那家小书店门口，他到处张望，像丢了什么东西一样，等我走过去，他一见我就害怕地跑开了。”

如果人死后有灵，那是不是肖然的亡魂最后一次拥抱他的爱人？

关于肖然和韩灵离婚的事，日化界流传着很多种版本，核心问题就是钱。有的说肖然给了她五百万，有的说是八百万，最离谱的是卫媛说的，一千万。她说这话的时候有点忧伤，说他其实一直都忘不了他的前妻，我只是他的一个玩具，开始是，到最后还是。

玩具卫媛在肖然死后第二个月谈了一次真正的恋爱，她迷上了一个在酒吧唱歌的长发帅哥，那帅哥身高一米八五，笑起来像F4的老大言承旭。认识当天她就把他带回了家，“言承旭”看着墙上她和肖然的合影，笑眯眯地问：“你老公？”卫媛笑笑，从抽屉里拿出一支肖然从东南亚带回来的、一百二十美元一支的大麻，深深吸了一口，搂着帅哥的脖子，一丝不漏地全吐进他嘴里，然后伸手去解他的皮带，一边解一边说：“来，干我，干给他看。”帅哥被挑逗得兴致大发，一把将她翻过来，粗鲁地撩起她的裙子，像追尾的汽车一样，凶猛地撞进了她的尾箱。

卫媛抬起头来大叫一声，看见肖然正一笑不笑地看着她，神态平静，瞳孔微微收缩，似乎正在害怕什么。

墙上的肖然不会理解那个大声叫床的女人，她其实并不爱钱。和“言承旭”交往了一年多，她至少为他花了一百万，买车，买全套音响，买几百块一条的内裤。即使在跟肖挺同居的那两个月，她仍然会偷偷地跑去看他，肖挺零零碎碎地给了她三十多万，她一分不漏地全花在帅哥身上，就像那支香醇的大麻。肖挺打她就是因为这个原因，那天帅哥给她发了个黄色短信，恶意篡改辛晓琪的《味道》，说我想念你的腰，想念你的骚，想念你T形内裤，和你下面的味道。卫媛看后娇笑不止，笑得肖挺心中疑云顿生，趁她去卫生间的时候偷偷翻了一下，这下可气炸了，卫媛还没起身，就被他按在马桶上痛揍了一顿，打得两颊红肿，嘴唇破裂。打完之后怒气不息，说贱货，你他妈马上给我滚！卫媛一声不发，起身，冲马桶，似笑不笑地穿好衣服，换鞋时晃了一下，她手扶鞋柜，想起她第一次来这里时的情景：那时肖然刚买了这套别墅，喝了一杯带气泡的白葡萄酒，显得有点忧郁，说：“我问你一个问题，你不许回答。”他迷茫地看着她，目光游移不定，像是看见了更遥远的东西，过了好半天，他轻轻地问：“你愿意嫁给我吗？”

2003年9月，陈启明约我去酒吧坐坐，那个帅哥站在台上唱：“别怪我掩饰真情，谁忍心辜负一生……”陈启明捅捅我，说："看，那就是卫媛。"我转过头，看见一个容颜憔悴的女人，她歪着脖子，眼睛一眨不眨地盯着台上，端杯的手神经质地哆嗦着。陈启明说："她现在彻底完了，吸毒，鬼混，那帮人全住她家里，吃她的，用她的，每个人都跟她上过床，但背地里，人人都骂她是个贱货。"说完长长地叹了一声。这时卫媛正在打呵欠，闪烁的灯光下，她脸色苍白，眼眶乌青，一副疲惫不堪的样子，但脸上依然有几分天真。

卫媛说，我一直以为我跟他只是为了钱，没想到最后被他毁了。

卫媛说，我不爱他，但他让我过上了那种生活，经历过那种生活后，其他的活法都没有意义。

那种生活。丰田 MR2 和阿玛尼的生活；劳力士和顶级贵腐甜酒的生活；把整个餐厅全包下来，一顿饭五万港币的生活；六千美元的钻石胸针丢了，肖然说别找了，明天我再给你买两个……卫媛哭着说："我是完了，但是，我……我……"

卫媛说，我也有过理想。

韩灵回家住了三个月，再回深圳心情已经很平静。仔细想想，其实幸福就在身边，她出门有车，进门有佣人，连饭都不用做，随便买个皮包，够普通家庭吃半年的。不管感情如何，肖然毕竟是她这辈子唯一爱过的男人，当初为了他南下深圳，如今成了家，立了业，也算修成正果。肖然这两年脾气不好，也难怪他，那么大的公司，千头万绪的事，在外面他是老板，是总裁，不能随便动怒，回到家里来，不跟自己发脾气还能跟谁发？何况肖然细心起来也很动人，在鞍山住院期间，他三天两头打电话，还往韩灵的卡上汇了整整一百万。一百万啊，韩灵想，如果是小米，她会为了这一百万出卖任何东西。

韩灵说，我早就知道他在外面有个女人，但那时我已经想通了。

如果你有一千万，你可以创造一个传统：一夫一妻制是可鄙的。婚外恋是穷人的罪恶，但对亿万富翁来说，即使不是高尚的，至少也是天经地义的。韩灵说："我一直没见过卫媛，听说她长得很漂亮，是不是？"我还没回答，她就笑了，说："漂亮有什么用，几十年之后，再漂亮的脸都会长老人斑，到那时，肖然还会喜欢她吗？"

韩灵说："如果不是卫媛那个电话，我们不会离婚。我那时只有一个想法：坚守到底。没想只过了两个月，我就守不住了。"

卫媛说："我见过他老婆的照片，我要是肖然，我也会爱上她。"她幽幽地叹了一口气，接着说，"我不想伤害她，但那时我怀孕了，我以为这是我的机会，就给她打了那个电话。"

直到最后，我也不知道肖然心中最挂念的是谁。他的遗嘱对卫媛只字未提，却给韩灵留了一千万。但在生前，他对韩灵又打又骂，对卫媛却一直都很温柔。卫媛打胎时，他在她身边守了整整一个礼拜，一天三顿喂她吃燕窝。那燕窝是他专门雇人从“祥记燕翅宫”买来的，香港名厨主理，片片雪白，晶莹剔透，薄如蝉翼，卫媛说：“那是我一生中吃过的最甜的东西。”

肖然一生残害了四个胎儿：韩灵肚子里有三个，卫媛肚子里有一个。在他交往的其他女人中，说不定也会有人怀孕，这个谁都说不清楚。亿万富翁的背后是说不尽的传奇，肖然的传奇就是：他跟很多女人上过床，但一直到死都没有一个孩子。

卫媛打胎前跟他纠缠了足有半个月，逼着肖然离婚，哭得鼻涕过江，怒得眼中喷火，吵得星月无光，哭完了怒完了吵完了，肖然就给她上数学课，说：“你不过才为我怀了一次孕，她怀了两次，有一次还是双胞胎，论感情，八比一，论贡献，三比一，你就死了这条心吧。”

肖然死后，所有的谜团都真相大白。刘元说：“我没想到他这么重视韩灵。”陈启明说：“他其实也很可怜，生前没有一个人理解他。”韩灵说:“早知道有这句话……”然后双手捂脸，号啕大哭，浑身剧烈地颤抖。只有卫媛最坚决，她往鼻孔里吸了一点粉末，闭着眼靠在沙发上，慢悠悠地说:“即使再来一次，我还是要打那个电话，不过这次我会告诉她，我确实爱的是他的钱。”

卫媛说：“我爱肖然，肖然也爱我，你就成全我们吧。”

韩灵在电话里冷笑："你爱他？是爱他的钱吧？"

卫媛酝酿已久的感情终于有了发泄的地方，在电话里失声痛哭，说："我只要他的人，你把钱全拿去吧，全拿去吧。"然后呜咽着跟她分析，说，"你离开他还有别的，我离开他，就什么都没有了，我才二十三岁，我妈死得早，我只有一个爸，他要是知道我怀孕了，肯定会打死我的，呜呜呜……"

如果没有这个电话，韩灵会很平静，并将一直平静下去。人是一种自我欺骗的动物，有个东西，你明明知道它在，只要没见到它，你就可以一直对自己说：那是假的，它并不存在。直到有一天它真的跑来你面前，凶恶的、狰狞的、鲜血淋漓的，这时你才会发现，原来一切都靠不住，一切全是假的。

韩灵说："其实我也一样，离开他，我也什么都没有。"

经历过这个电话，韩灵像变了个人似的，一想起来就觉得堵心。有事没事就把它提出来过堂，说"你回来干什么，去她那里啊"，或者说"你什么时候把她也带过来吧，不管怎么说，我们都是姐妹"。肖然知道自己理亏，这种时候总是不说话，唠叨急了就会摔门而去，韩灵醋火攻心，追在肖然屁股后面喊："你对她态度可要好点啊，我们这么多年了，给我点气受没啥，人家可是新人，又年轻，才二十三岁，又没有妈。"说完后，她自己都有点想哭。

卫媛打胎期间，韩灵每天都要给肖然打电话，开始的时候还算正经，指导他怎么护理产妇，说着说着就跑题了，开始泛酸，说："我是个贱命，吃点苦就吃点苦，你可不要让她也受委屈，她多娇贵啊，你又那么爱她。"肖然听得怒火万丈，有一次当着卫媛的面就吼了起来："你他妈的给我闭嘴！"他说，"你以为你就那么诚实？你被人轮奸怎么不说？！"

二十三

1998年春天，韩灵被抢，送她到医院的是一对情侣。男的叫林杰，女的叫窦冰冰。按照广东人的规矩，遇到这样的事要派利是，就是发红包，据说可以冲掉霉气。肖然给了林杰三千元钱，后来又把他招进公司，当了半年的招聘主管。五年后，林杰和他老婆在上梅林开了一间夫妻店，卖一些杂牌子女装。谈起当年的事，林杰一副不大情愿的样子，目光闪闪烁烁的，总是说记不清了，然后就往外撵我们，说，你们去问窦冰冰吧，她可能记得更清楚。

我一直没能找到窦冰冰。她跟林杰分手后，先是给一个潮州老板当二奶，后来又跟了一个香港货车司机，在罗湖区买了一套房，2000年之后香港经济萧条，货车司机负担不起每月两千四百元的按揭费用，那房子被法院强制拍卖，窦冰冰从此下落不明。我不死心，又去找林杰，问他有没有窦冰冰老家的联系方式，他想了半天，答非所问地说:"我只记得她是个圆脸，身上的肉挺多，其他的，我真是想不起来了。"

"都这么多年了"，林杰笑着说，他老婆站在远处，正唾沫横飞地向一对情侣推销一条牛仔裤，林杰看了她一眼，小声地告诉我们，“我当初差一点就跟窦冰冰结了婚。”

卫媛打完胎之后，肖然为她在红荔路上开了一家美容院，一共投资了一百三十多万。那段时间卫媛忙得脚不点地，到处联系装修、招人、买设备，开业那天盛况空前，二十四个大花篮一直排到马路牙子上，电视台还专门派了一台采访车，剪完彩后给赵公元帅上香，肖然鞠了个躬，悄悄地告诉卫媛：“我离婚了，你高兴吧？”卫媛心花怒放，刚想与他热烈拥抱，听见肖然淡淡的声音，“不过我不会再结婚了，”他说，“我这辈子，结一次就够了。”

离婚前，肖然和韩灵经过了一场旷日持久的谈判。谈到最后，韩灵哭了，肖然硬撑了一会儿，最后忍不住也哭了，说：“我知道，这世上再也不会有人像你那样疼我了。”

在今天看来，那更像是一场生者与死者的谈判，生者在哭，死者也在哭，但谁都不肯让步，直到死亡来做最终裁决。对生者韩灵而言，那关乎她的清白与尊严，而对死者肖然，那场谈判关乎他一生的重点：信任。他说：“如果连你都骗我，我还能相信谁？”

肖然说：“如果不是你逼我，我一辈子都不会提这件事。我不会因为这件事看不起你，因为它，我只会更疼你。”韩灵脸色苍白，说：“算了吧，你什么时候疼过我，我为你死过，为你吃过那么多苦，你还不是照样打我？”说到伤心事，她的眼圈一下子红了，说，“我刚为你打完胎，你就打我。”然后趴在沙发上大声地哭。肖然心中内疚，上去抱她，韩灵一下子挣开，说你现在又拿这事来诬蔑我，她两眼流泪，说，“你打我可以，骂我可以，但就是不能冤枉我，我没被人轮奸！我这辈子只有你一个！”

一提起这事肖然就烦，说：“我什么都知道，你怎么还这么犟？”韩灵说不出话来，只是一个劲儿地喊：“你冤枉我！你冤枉我！”肖然急了，打电话给周振兴，说：“你让司机把林杰送到我家来。”然后直盯盯逼视着她，说：“我不是要证明什么，我只希望你说实话，我们是夫妻啊，韩灵。”韩灵哭得浑身无力，说：“我们算什么夫妻，你外面那么多女人，年轻又漂亮，我知道，我是挡了你的路了。”然后嘲笑他，说，“要离婚你就直说，用不着耍这种花招。”说着说着又哭了起来，说，“离婚我能接受，但你冤枉我，我死都不接受！”说得肖然心中来气，说：“我问你，你被抢后反应那么大，连觉都睡不着，要死要活的，就是因为丢了那几千块钱？”韩灵说：“就是，就是！”肖然腾地站了起来，急速地走了两步，掷地有声地说：“那我们完了，韩灵，这世界上谁都可以在我面前说假话，就是你不行！”

林杰进门时，屋里一片沉默，肖然又恢复了总裁的尊严，说：

“你把那天的事再说一下。”林杰看看他，再看看韩灵，腿肚子都在哆嗦。肖然沉着嗓子下令:“说！”韩灵直勾勾地盯着林杰，听见他结结巴巴地说：“那天……那天我看见她……”

“行了，别演戏了，”韩灵冷冷地说，“他是你的狗，当然听你的。”肖然眼中喷火，说：“人家救了你，你怎么连句好话都没有？”韩灵扑通跪到地上，对着林杰啷地磕了个头，然后问肖然：“够不够？你不就是要作践我吗，要不要我再磕两个？”肖然气得浑身发抖，一时想不出合适的话来对付她，挥挥手把林杰赶了出去，然后对韩灵大吼：“你耍赖！你他妈的敢跟我耍赖！”

林杰说：“那天我看见她趴在那里，裙子遮不住大腿，不远处扔着一条内裤，一看就是女人的。”然后向我保证：“我肯定没说假话，你想想就知道，他们都是亿万富翁，打死我我也没那个胆子。”

韩灵说：“那两个人拿刀逼着我，问我要信用卡的密码，我喊了一声，他们就把我捆了起来。这时旁边有人说话，他们就跑了。”

“那内裤呢？”

韩灵叹了一口气，说：“我现在想明白了，那是肖然编出来的，林杰辞职时，他让周振兴给了他五万块钱。”她眼圈又红了，说，“他现在死了，我不想说他一个字的坏话，但是，他为什么要给他那么多钱？”

周振兴说：“钱是他的，他让我给，我就给。我只管资金，不问是非。”

这是一个永远解不开的谜。谜底在那个死者手里。

一直到最后，我也不知道肖然是个什么样的人。他有时热情如火，有时冷酷无情，有时卑鄙，有时慷慨，他一生都在说假话，背地里却说这一切都没意思。他一生无数次出现在电视屏幕上，神情严肃，语气自信，似乎没有他不能解决的问题，而躺在床上，韩灵说，卫媛也说，“他就像个孩子”。

陈启明说：“我也搞不懂他。那事如果是他设的局，那他就真是个大奸大恶、阴险小人。但他来找我时，一脸难过的表情，一点都不像是装的。”

陈启明劝肖然，说：“就算是真的，也不能说明什么，又不是韩灵情愿的。你们这么多年的感情，有什么不能好好说？”转过头去又劝韩灵，说：“要不然你就承认了吧，他只是要个态度。”韩灵满脸通红，怒斥他：“那我的清白呢？我在他眼里本来就一钱不值，现在连清白都没了，我活着还有什么意思？”然后哭着往外轰他，说：“我知道你们是一伙的，你给我滚，你给我滚！”

陈启明滚了之后，肯定又发生了一些其他事情，但韩灵不肯说，也就没人知道。我只知道她在最后这样说："就算我被人轮奸了，我就是要骗你，你要怎么样？"

肖然冷冷地说："离婚！"过了一会儿，可能是心中不忍，又轻声地说了一遍，"离婚吧。"韩灵一头扎进他怀里，呜呜地哭，说："你终于说出这两个字来了，肖然，你好费心啊。"

离婚前韩灵哭得像个泪人，她紧紧地抱着肖然，说："我知道我被你抛弃了，但是，我真的舍不得啊。"肖然摸着她头发稀疏的头顶，手微微地发抖。过了一会儿，他到卫生间洗澡，躲在里面久久不出来，韩灵擦擦脸，敲了敲门走进去，一看见他眼里就闪出泪花，说："我再帮你擦一次背吧。"肖然低着头翻过身去，韩灵拿起浴擦，刚擦了两下，眼泪就忍不住流了下来，吧嗒吧嗒地落在他的背上。擦完了，肖然转过身来，撩水泼她，刚泼两下，整个人都抖了起来，说："你……你还记不记得那次咱俩去划船？"韩灵扑通一声坐到地上，哇地哭出了声，说："我当然记得，我当然记得。"她紧紧地抓着他的手，大声喊道："你还对我说，不管什么时候你都会救我！"

那是 1990 年春天，肖然和韩灵在湖上划船。韩灵问："如果我和你妈一起落水，你先救哪个？"

"谁离我最近我先救谁。"

"一样近呢？"

“当然先救我妈，”肖然笑着说，“老婆还可以再找，妈就只有一个。”

韩灵不高兴了，别过脸去，半天都不说话。

“生气了？”肖然逗她，“傻姑娘，别想这种事，不可能发生的。”

韩灵侧身搂住他的腰，喃喃低语：“你要先救我，你发誓。”

“好，我发誓，”肖然坚定地说，“不管什么时候，我都会先救你。”说完用力划桨，水花像蒙蒙的细雨，轻轻地、软软地洒在他们身上。

肖然说我给你一千万，韩灵说少了点吧，肖然笑，说那就一千五百万，韩灵还是摇头，肖然继续加价，说两千万。韩灵冷笑，说：“我要你的钱干什么？证明我确实被人轮奸过？证明你甩我是问心无愧的？我不要！”肖然说：“你怎么到现在还是这个态度，你不是已经承认了吗，怎么又反悔？”韩灵一脸苍白，拍着自己的心口，说：“这儿啊，肖然，我要的是你的心啊，你的心值多少钱？当初咱们穷的时候，在学校里，连菜都买不起，光吃馒头和榨菜，那时我们的感情多好？”说完转过身去，肩膀一耸一耸地抽动。肖然伸手去摸她的脸，刚触到她，就剧烈地抖了起来，一把将她搂进怀里，紧紧地抱住，听见韩灵哭着说：“我恨你的钱！我恨这该死的深圳！”

肖然的律师张秋颖帮他们办离婚手续，拿身份证、户口本、结婚证，韩灵一样一样地把这些东西翻出来，双手捧着，看着结婚证上的照片，浑身发抖，哭得站不直腰，张秋颖看着都心酸，默默地接过资料，看着她苍白得没有一丝血色的脸，刚想安慰两句，话没出口自己先哭了起来。等她走后，韩灵开始整理自己的行李，一柜子的名贵时装，一柜子的名牌皮鞋，她装了几件，又全拿了出来。肖然说："这些都是你的，带上吧。"韩灵摇头，说："我怕我一看见这些就会想起你来。"然后趴在衣柜上痛哭。收拾到照片的时候两个人争了起来，肖然说："这些都是我的，不许拿。"韩灵说只拿她自己的，肖然说她自己的也不许拿，说完他的眼圈也红了，说多少钱也买不来这些照片啊。韩灵不说话，坐在那里开始撕他们的合影，拿出一张，说，看，这是咱们学校大门，咱俩第一次合影，说完唰唰地撕碎。又拿出一张，说看，这是图书馆，你毕业前，我陪你去还书时照的，说完又唰唰地撕碎。肖然再也忍不住了，坐在那里号啕大哭，一边哭一边叫她的外号，说小棉袄，韩灵答应，说我是你贴心的小棉袄。肖然上去抱起她，两个人都在发抖。沉默了一会儿，肖然像是想起了什么，哆嗦着嘴唇说："抱着你，就像抱着自己的女儿。"韩灵抗议，说："你当初不是这么说的，你说的是：抱着你，就像抱着自己最亲的小女儿。"肖然把她放下，重新抱在膝盖上，贴着耳朵重复："抱着你，就像抱着我最亲的小女儿。"还没说完，眼泪就扑簌簌地落在她的头上。

走之前两个人照镜子，韩灵说："你一点没变，还那么年轻，你看看我都成什么样子了，真是配不上你。”肖然说：“你变成这样子，都是我害的。”不知不觉谈起卫媛，韩灵说：“你要是真爱她，就跟她结婚吧，不过现在的年轻姑娘靠不住，她肯定不知道心疼你，你要多个心眼儿，不要给她太多钱。”肖然咬着牙点头，眼角一个劲儿地跳。过了半天，也开始嘱咐她，说：“你回鞍山后也找个人嫁了吧，找个老实本分的，不要找有钱人，不要找长得帅的，条件一好，人就容易变心，我真怕他们亏待你啊。”韩灵摸着他胳膊上的牙印大哭，说：“就是你亏待了我，就是你亏待了我！”

走之前，肖然说：“不管什么时候，你要缺钱就给我打电话。”韩灵说：“除非我真的被人轮奸了，否则永远不会跟你要钱。”肖然眨着眼睛强笑，说：“你等着吧，我早晚要给你一大笔钱，你不要都不行。”韩灵一头撞进他怀里，说：“除非你死了，除非你死了，肖然！”

肖然送她到楼下，韩灵问:“你去送我吗？”肖然凄然一笑，说:“不送了吧，我怕你哭。”说完转身就往回走，快到门口了，韩灵在背后叫他，“肖然。”肖然停下脚，韩灵扑上去，拉着他的胳膊，嘴唇一个劲儿地哆嗦，说：“你再抱我一下，再抱我一下吧。”肖然转过身，一把将她搂在怀里，对面有几个行人好奇地看着他们，肖然亲了一下她掉发掉秃的头顶，两臂狠狠地用力，都能听见两个人的骨骼咔咔作响。

二十四

那天是星期一，刘元垂头丧气地从铁门里走出来，陈启明坐在那里抽烟，一看见他就傻了，嘴巴大张，双眼浑圆，烟头啪地掉到地上。以前的刘元从来都是亮晶晶的，西装笔挺，衬衫雪白，皮鞋亮得可以当镜子用，而现在从收容站走出来的这个家伙，看起来就像个衰神，破烂的 T 恤衫，脏得辨不出颜色的大短裤，一只脚肿得像馒头一样，勉强趿拉着一双旧拖鞋，如果腰里再扎上一根草绳，活脱脱就是个叫花子。

刘元被关了整整七天，战略转移三次，先进派出所，再进收容所，最后像死鱼一样被装上货车，直接运送到樟木头。那是他一生中最屈辱的日子，五年之后，再谈起往事，学佛之人刘元依然愤愤不平，说："天地不仁，以万物为刍狗。"

刘元进收容所的第一天就挨了一顿打，打他的是个叫阿宝的收容员。那是个狭窄拥挤的监狱，蹲满了穷人、乞丐和下等妓女，挤满了忧愁的脸和凄惨的哭声，每个人都散发着牲口、货物和尸体的臭味。阿宝大概是心情不好，从院子那头走过来，一路上骂骂咧咧的，看谁不顺眼就踹谁一脚，把刘元身边一个干巴巴的老头儿踹得仰面朝天，半天都爬不起来，又不敢叫唤，嘴使劲地瘪着，看着看着就要哭出来，刘元心中不忍，伸手将他扶了起来，还替他拍了两下身上的土，刚要蹲回原位，就听到身后一声厉喝："你！站起来！"

在一群哭哭啼啼的乞丐和妓女中间，刘元笔直地站起来，高高的铁丝网上挂着一轮嫩黄的月亮，每一个卑微的生灵都沐浴着它神圣的光辉。

阿宝杀气腾腾地走过来，劈面就是一掌，说："让你他妈多管闲事。"刘元晃了一下，脸上火辣辣地疼，腮帮子突突地跳，两眼死死地瞪着他。阿宝迎面又是一拳，说:"你还敢瞪我，你再瞪我！"刘元的鼻子破了，眼前金星乱冒，身子一歪，扑通坐到地上，鲜血滴滴答答地往下淌。阿宝还不解气，摁着脖子又踢了他两脚，大声问他："你服不服？！"

刘元不吭声，于是又打，旁边跑过来两个人，一个按住他的脑袋，另一个打了两拳，一脚蹬在他的肚子上，刘元感到自己的五脏六腑都在翻滚。阿宝揪着他的头发，抬手又是一个耳光，问他："服不服？"

上百个人静静地望着他们，但没有一个人出声，过了半天，听见刘元瓮声瓮气地回答:"服了，我不敢了……再也不敢了。"

那是第一天。刘元的皮带和皮鞋被搜走了，身上仅剩的几十元钱也被搜走了，但没有收条。在臭气熏天的收容仓里，刘元跟一个矮壮的家伙共用一床棉絮，翻身时不小心碰了他脸一下，壮汉怒而起身，重重的一拳擂在他小腿上，刘元抖了一下，马上把脚缩了回来，悄悄地滚出了被窝，脸贴着肮脏的水泥地面，感到在南方从未有过的冷。

第二天刘元被装上一辆小货车，小小的一辆车上居然塞了将近二十个人。关车门时夹住了一个矮小女人的手，她叫，但没有人理她，汽车慢慢发动，这个女人咬着牙把手抽回来，鲜血滴滴答答地往下淌。那时一片喧闹，但每个人都听见了那声尖利的号叫，在东倒西歪的车厢里格外惊心动魄。

到樟木头时下了一场雨，刘元一瘸一拐地走下车，看见铁栅栏旁有一个七八岁的小姑娘，穿得破破烂烂的，坐在雨地里大声地哭，刘元慢慢地走过她身边，看见她手里拿着一个啃了半截的面包，被雨水泡得像一捧白色的泥。一个收容员在旁边粗鲁地骂了一句，刘元赶紧缩着脖子往前走，雨水唰唰地落下来，他被打伤的皮肤像被针扎过一样，钻心地疼。

在樟木头他只吃过七顿饭。有一天吃饭时两个农民工吵了起来，吵得面红耳赤，互相推搡了几把，刘元知道不好，找了个角落远远蹲下，气还没喘匀，就看见五六个收容员如狼似虎地冲了过来，不由分说地把两个农民工摁倒在地上，噼噼啪啪地打，有一个农民工是个矮个子，被打得满脸是血，一边像猪一样号叫，一边像条蛆一样在地上乱拱乱爬，肮脏的水泥地上留下了一条长而弯曲的血路。

刘元说："这就是我们的生活，从那以后，每想起这些，我就会提醒自己：天堂和地狱不过一墙之隔，永远不要嚣张。"

刘元进去时穿了一套美尔雅西装，值四千多，系了一条梦特娇领带，五百七十八元。刘元一生精明，在生意场上从没吃过亏，那次却赔得一毛不剩：他把全部行头都给了一个姓滕的收容员，换来的只是一个电话，通话时间不到一分钟，折合人民币约九分钱。2000 年 8 月，他的咨询公司成立，在人才大市场招聘，那个姓滕的收容员满身大汗地挤进来，一脸羞涩的笑，指着招聘启事上的保安岗位，期期艾艾地说："我想……我想应聘贵公司的保安，我能吃苦，也能……"刘元看了看他的简历，笑眯眯地问他："滕福林，你还记不记得我？"滕福林盯着他看了半天，不好意思地笑，说："不记得了，既然你认识我，那就录用我吧，现在工作真难找。"刘元笑了笑，挥挥手将他赶了出去，然后看见了他脖子上那条皱巴巴的领带。就在一年多以前，刘元拿它跟这个可怜虫做了一次交易，他哼哼唧唧地求了半天，滕福林就是不让他打电话，最后实在被缠得不耐烦了，指指他身上肮脏的西装和领带，说"这个给我"，然后踢了他一脚，说"我真他妈的想揍你"。

那条领带是赵捷送给他的生日礼物。到深圳后，刘元试着给她打了个电话，赵捷听见他的声音就笑，问他："你回来了？江门出差累吧？"刘元红着脸坦白，说："我被收容了好多天，刚从樟木头回来。"赵捷又笑了一下，说："我知道了，就这样吧。"然后砰的一声挂了电话。刘元呆若木鸡，茫然若失地站了半天，嘴唇无意义地上下张合，像一条钓在钩上的鱼。

那时已经是下午三点多了，刘元换了套衣服，急匆匆地往公司跑。按照惯例，周一下午要召开例会，另外月度考核也该开始了，这可是大事，关系到全公司的工资发放。刘元一边等电梯一边想："自从我当经理以来，公司的工资一天都没拖过，这纪录可不能破。"

公司里静悄悄的，人人都在埋头做事，门口的保安好奇地看着他，刘元点点头，打了卡，径直走到王志刚的桌前，像往常一样不苟言笑，说："你去通知一下，五点半准时到小会议室开会。"王志刚听见他的声音，茫然抬头，傻乎乎地看了他半天，结结巴巴地说："例会，例会已经开过了。"刘元不大高兴，尖着嗓子质问他："我不在你们怎么就能开会？"王志刚嗫嚅了半天，终于鼓足勇气，说："刘总，你还不知道吧？你已经被开除了。"

刘元愣愣地看着他，眼睛使劲地眨巴了两下，四周的同事静静地望过来，谁都不说话。刘元慢慢挪动脚步，过去看墙上的公告，那份文件很短，说他旷工已超过三天，另外经查有违法行为，"受到属地国法律制裁"，所以给予开除处分。后面还有一些字，报送哪些部门，抄送哪些部门，他已经看不清了，心中空空荡荡的，连一粒灰尘也搁不下，身子晃了一下，几乎就要摔倒，部下们慢慢地围拢过来，一个个神色肃穆，就像对着一具尸体。过了半天，刘元定神强笑，涩着嗓子对王志刚说："我被开除了，嘿嘿。"王志刚挠了挠头，看见他脸色发青，眼神僵直，表情似哭似笑，像一个被水草缠住双腿的溺水者。

刘元在这里工作了整整五年，从普通职员到部门总经理，从最低层到最高层，五年里只请过一天病假，从来没迟到过，有时候连续几个月加班加点地工作，光工作笔记就记了满满七大本，然而最后还是一无所有。刘元轻飘飘地走下楼，悲愤地想："连开除我的制度，都是我一手制定的！"

走出门来已经是傍晚了，风声呼啸，深圳的台风就要来了，行人四处奔走，脸上没有任何表情。刘元一步一顿地往前走，像一棵在风中扶摇不定的小树。天黑了，街边的灯一盏盏亮起来，刘元转过身，看着他五年来每天必到的那间房子，感觉就像做了一场梦。七天之前，他是这里最受尊敬的人；七天后，他黯然离开，没有一个人挽留他。生活在这屈辱的七天里悄悄转了个弯，醒来后一切都已经倒塌，整个世界凶险而又狰狞。刘元对陈启明说："人生不过是个虚妄，本来无一物，何处惹尘埃。一切悲剧，都是因为我们想得太多。"

他说这话的时候是2003年7月，那时肖然已死，黄振宗在家门口被人拐跑，黄芸芸被陈启明打了一耳光，不言不语地坐了一整天，然后就疯了。那时刘元已经成了优婆塞（在家奉佛的居士），他学佛五年，自称“修行之人”，每月去弘法寺捐一次香火，每次至少五百元。他的师父，弘法寺的高僧明觉禅师，专门为他题了一幅字“千红为灰”，刘元对着它晨昏祷告，说自己修为还不够，如果有一天到了那个境界，他就会出家，不过不一定要离开深圳，“心即灵山，在哪儿都一样。”

那天夜里刘元又去找赵捷，在满街飞舞的落叶中，赵捷冷得像刚从冰箱里钻出来，说：“你以后别来找我了。”刘元问为什么，赵捷扭头就走，说：“我讨厌你这种男人，又撒谎，又嫖娼，你还好意思问为什么！”这时雨水啪啪地落了下来，刘元站了一会儿，一言不发地转过身，拖拖拉拉地往黑影里走。刚走几步，听见赵捷在后面叫他：“刘元。”刘元回头，看见她斜靠在门上，牙齿紧紧咬着嘴唇，眼里泪光闪烁，过了半天，她哽咽着说：“下雨了，我给你拿把伞吧。”刘元摇摇头，伛偻着腰越走越远，几片落叶在风雨中飞起，颤抖着、旋转着，无声无息地落在他身后长长的影子上。

二十五

7月18日是陈启明结婚五周年纪念日，那天黄芸芸起得很早，煲了粥，煎了四个鸡蛋，丈夫两个，她和儿子各一个。陈启明早上喜欢喝普洱茶，她沏了满满一大壶，坐在那里等他起床，等了半天也没听见动静，黄芸芸想了想，轻手轻脚地走出家门，到楼下报摊上买了两份报纸，《南方周末》《深圳商报》，上来后看见陈启明刚从书房里出来，她讨好地笑了笑，陈启明像没看见一样，踢踢踏踏地走进卫生间，洗脸时不知碰翻了什么，发出惊人的声响。

那段时间陈启明心情很不好，他的倒灶运持续两年了，搞酒楼赔钱，搞建材赔钱，连股票都越来越难炒，1999年上半年他一分钱都没赚到，还被套了好几只股，要不是黄芸芸每月两万多的分红和房租，他炒股的老本都要保不住。深圳是一座用成绩说话的城市，赚钱才是硬道理，赚不到钱，说什么都白搭，所以陈启明总觉着自己是个废物，尤其不好意思见老丈人，每次都是黄芸芸抱着儿子回家，留下他一个人在屋里长吁短叹，郁闷不止。

陈启明是个老实人，虽然看着老婆不顺眼，也没做什么出轨的事情。跟孙玉梅分手以后，他出去旅游了整整一个月，先到黄山，再到峨眉山，后来还去云南丽江住了十几天，他本来就内向，回来后越发沉默，天天把自己关在屋里，有时一整天都说不上几句话。

那次分手让他很伤心，没想到孙玉梅会这么决绝，连老同学的情面都不顾了。仔细想想，其实孙玉梅从来都没在意过他，拥抱也好，上床也好，都是她一个人的游戏，而他不过是一块跳板，跳过去了就再也不会回头。陈启明做了一年半的跳板，花了几十万，最后落得个两手空空，连张合影都没留下，想想就让人难过。不过他也没后悔，那惊艳的十八个月，足以让他在这单调乏味的房间里回味一生。那十八个月里，孙玉梅或笑或恼，有时文静，有时调皮，连生气的表情都那么让人刻骨铭心。为了延长这注定不会长久的惊艳人生，陈启明送皮包、送手机，孙玉梅却一直都是冷冰冰的，直到他咬着牙送上那张二十万元的存单。

那是他们的最后一夜。吵过了，哭过了，该说的都已经说完，连做爱都没了理由。孙玉梅不肯回头，他也知道留不住她，坐在那儿一声不发，一根接一根地抽烟，孙玉梅半睡半醒地躺在那里，电视吱吱啦啦地响着，谁都没想起来要把它关上，似乎有那点噪音吵着，心里就会好过一点。快两点钟的时候，楼下撞了两辆车，孙玉梅走到窗前看了一眼，说“出车祸了”，陈启明嗯了一声，走过去抱住她，小声叫她的名字：“玉梅。”孙玉梅答应，看着他难过的样子，眼圈也不由自主地红了，说：“启明，我对不起你，我，我……”半天也没说出下文，只感觉他抱得越来越紧，越来越紧，最后她连气都要喘不过来。

孙玉梅长叹一声，摸了摸陈启明的脸，一句话不说就开始脱衣服，脱了衬衫，脱了裤子，然后钻进被窝里等他，陈启明站在那里愣愣地看着，看了半天，最后轻轻地躺到她身边，两眼望天，脸上什么表情都没有。孙玉梅又叹了一声，关了灯，伸手将他搂了过来，动作轻柔含蓄，就像母亲搂着自己的儿子。

夜已经深了，深圳一片寂静。在黑夜的另一边，另一个母亲已经搂着儿子睡了，她们会梦到些什么，没有人知道，也没有人会关心。

对陈启明来说，那二十万有多重含义。它很重，因为爱情，因为理想，因为生活的全部意义；它也可能很轻，一次性交式的告别，或者一次告别式的性交，没有怀孕，没有结果，什么都没有。在不远的将来，陈启明会有很多个二十万，那时孙玉梅已经是个陌生人，在他生命中惊艳地跳过，现在只是一段极轻极微的往事。为了表达一种极其复杂却又难以言说的心情，他把钱全存在妻子的户头里，不过这对黄芸芸没有任何意义——她已经疯了。

天亮时孙玉梅就走了，走得异常决绝，异常美丽，带着那张二十万元的存单。陈启明望着她的背影，想说点什么，张了两下嘴，最终也没说出来。他掏出烟盒，却发现已经空了，他用力地把它握成一团，那时阳光普照，在温暖的阳光下，烟盒吱啦吱拉地响着，硬纸板戳得他掌心隐隐地疼。

从那以后，他只见过她两次，一次是在女人世界门口，她正跟商场经理谈专柜的事情，陈启明从旁边走过，她点了点头，然后转过身去继续谈，脸上微笑依然，就像什么都没发生过。第二次是在振华路的名典咖啡，她那时已经怀孕了，看见陈启明站在门口，她很高兴的样子，走出门来跟他聊了一会儿，陈启明问她是儿子还是女儿，孙玉梅说是女儿，五个月后出生，然后轻轻拍了一下肚子，笑得十分甜蜜。陈启明提着给黄芸芸买的营养品，静静地看了她有一分钟，发现这个美丽的女人已经开始老了，脸上有一层细细密密的皱纹。

那天黄芸芸打扮得很整齐，穿了一条浅紫色的裙子，头发梳得一丝不乱，脸上擦了一点粉，不仔细看绝对看不出来，当然，也没有谁会仔细看她。吃完饭后，陈启明坐在那里看《深圳商报》的财经新闻，黄芸芸洗了碗，打扫了房间，走出来跟他商量，说："天气这么好，我们带儿子出去玩一次好不好？"陈启明把报纸翻得哗哗作响，头也不抬地说："你带他去吧，我还有事。"黄芸芸一下子低下了头，勉勉强强地笑了一下，帮他添了一杯茶，拉着儿子的手，慢慢地走了出去。

那天是她结婚五周年，一个重要的日子。

陈启明其实并没有什么事，看完报纸后，他开车到大户室转了一圈，市道不好，股市里人影稀落，待着也没什么意思，就走出来在马路上闲逛。天气确实很好，路边的草坪上坐满了人，几个孩子像小狗一样奔跑嬉闹，他看着发了一会儿呆，想起了儿子胖乎乎的小脸，他现在也在撒欢儿吧，陈启明想，这小东西已经成了自己生活全部的意义了。又转了一会儿，感觉有点困了，在一家快餐店随便吃了点东西，刚想回家睡午觉，就接到了那个电话。

黄芸芸哭得上气不接下气，不住声地说儿子，儿子，陈启明听得不耐烦，说："儿子怎么了，你倒是说啊。"黄芸芸又哭了一阵，说："儿子不见了，儿子不见了，呜呜呜……"

那天的事十分蹊跷，黄芸芸带儿子去爬莲花山，刚走几步，黄振宗就说肚子疼，黄芸芸赶紧抱着他去医院，专家门诊前等了很多人，黄芸芸坐在那里干着急，这时一个白白净净的女人走过来，问了问黄振宗的症状，然后从包里拿出几张卡片，说她们是什么幼儿保育协会，让黄芸芸有事给她打电话，黄芸芸接过卡片，翻来覆去地看，看得头晕眼花，然后就什么也不记得了。

黄芸芸遇上的是个"拍花的"。深海花园的保安刘小林至今还记得当时的情形：那女人抱着黄振宗站在门口，黄芸芸回家拿了厚厚一摞钱给她，从头到尾都没说过一句话。那女人收了钱，笑着拍了拍她的肩膀，黄芸芸就又摘下了手上的戒指，刘小林说他开始以为是黄家的亲戚，直到黄振宗被抱走了，黄芸芸还在那儿神不守舍地转悠，才意识到出事了，急忙把她拉进保安室，给她洗了脸、漱了口，黄芸芸这才醒过来。

陈启明气疯了，先报警，然后打电话给肖然，肖然那时正在睡午觉，听见陈启明声音都变了，说："我儿子被人拐了，你问问强哥，是不是道上人干的，如果是，要多少钱我都给他！"电话打完了，他把手机哐地扔到地上，走过去将流泪不止的黄芸芸一把拽了起来，两眼血一般红，狠狠地给了她一记耳光，咬牙切齿地骂道："猪！你他妈的就是只猪！"

接下来的一昼夜陈启明一直没合过眼，黄村长叫了三十几个人，开了九辆车，到各个车站去堵那个女人，陈启明四下乱跑，嘴里不知什么时候起了两个大水泡，钻心地疼。从火车站到派出所，从派出所到肖然家，忙得水都顾不上喝一口，一直折腾到天亮，陈启明浑身发软，腿肚子直抽筋，额头阵阵冒冷汗。黄村长看着担心，拍着他的肩膀说你一定要把心放宽，千万不能急出病来。然后安慰他，说你和芸芸都没干过坏事，不应该报应在他身上。陈启明一下子坐到了地上，想起他对孙玉梅说的那句话：为了你，我情愿抛弃一切。心中一阵冰凉，头发一根根地竖了起来。

他几乎是被人扛回家的，进门后坐了半天，渐渐恢复了生气。黄芸芸呆呆地坐在沙发上，一句说都不说，陈启明憋了一肚子气，还想动手，手都抬起来了，看见她苍白的脸和红肿的眼泡，心一下子软了下来，狠狠地瞪了她一眼，转身走进书房，把门摔得山响。黄芸芸还是静静地坐在那里，脸上不哭不笑，双眼黯淡无光，除了偶尔眨动的眼皮，就像一具风干了的僵尸。

陈启明只睡了两个多小时，梦里看见儿子像只小狗一样来回乱窜，他心中一阵狂喜，伸手去抱他，这时忽然意识到是在做梦，一下子睁开双眼，看着空荡荡毫无生气的屋子，心中像有万蚁爬过。黄芸芸还是老样子坐着，表情姿势一点都没变，陈启明隐隐约约感觉到有点不对，叫了她一声，没有回应，上去摇了两下，黄芸芸应声而倒。陈启明傻了，到厨房接了一碗凉水，哗地全泼到她脸上，这下黄芸芸醒了，她咳嗽一声，慢慢地站了起来，两只眼睛像死鱼一样毫无光泽，陈启明刚想安慰两句，只见黄芸芸乍着两手走了过来，桌子就在身前，她像没看见一样，哐地撞了上去，桌上的茶壶晃了两晃，啪地掉到地上，摔得粉碎。陈启明急忙跑过去，看见她仰面朝天躺在那里，脸色雪白，头发披散，嘴里温柔地叫着:“宝宝，宝宝……”陈启明心如刀绞，扑通坐到地上，紧紧地握着她的手，感觉一丝温热的血正慢慢地流向自己的掌心。

二十六

世界越繁华，人就越容易走丢，所以每个人都需要证明自己。陈启明用名片，他的头衔是“天迪实业公司董事、斯必达投资公司总经理”。其实这两家公司跟他都没什么关系，只是岳父大人收钱的幌子；刘元除了名片，还有衣服，他有好几套范思哲和CK的高级西装，每套都价值两万港币以上。作为一个精明的生意人，他其实比谁都清楚：除了缝在暗处的商标，这西装跟千把块的杂牌货没什么分别。不过这钱属于基础投资，他现在每月都要出席深港商界的主题沙龙，见的都是巨贾名流、达官贵人，如果穿杂牌货，可能连门都进不去，就是进去了，也难免会被人当成是服务生。在那种“衣冠重于人品”的场合，一套高级西装的价值可能会胜过任何真理。刘元说：“我又不是肖然，只有他不用证明。”

肖然也有名片，但上面只印了八个字：君达企业集团 肖然。没有职务，没有地址，没有联系方式，亿万富翁不需要向任何人出示身份，他自己就是最有价值的品牌，无论走到哪里，这块品牌都会引来最名贵的菜肴、最动人的笑容、最美丽的身体。他甚至不需要手机，从1999年开始，他的手机号码只有极少几个人知道，而且大多时候关机。他也不需要任何名牌，冬天他穿黑色的长外衣，夏天是朴朴素素的蓝T恤，看上去跟地摊货没什么区别，除了他的秘书刘虹，没人知道这么一件T恤值多少钱。

韩灵走后，肖然再也没在半岛花园住过。他换了车，买了别墅，光装修就花了几百万，不过一直到死也没在里面住过几天。他走遍了全世界，生活在鲜花和笑脸中，却没有一个真正的朋友；他出现的时候总是一脸严肃，天大的事都可以一言而决，私下里却说一切都没意思。2001年9月，周振兴从德国考察归来，到深圳已经是夜里三点多了，路过公司时他上去放文件，发现总裁办公室的门大开着，他轻手轻脚地走进去，看见肖然一个人站在窗前，外面的灯光幽幽地照着，肖然的影子瘦削而又孤独，像一棵枝叶凋零的冬天之树。周振兴没敢惊动他，悄悄地往外走，还没到门口，听见他长长地叹了一声，叹声婉转悠长，在寂静的夜里听起来格外凄凉。

那时的肖然已经是数十亿的身家，君达集团成为内地最受尊敬的企业之一，旗下有两家上市公司，涉足十几个行业，他的一举一动都广受关注，每一句话都可能成为头条新闻。但谁也不知道他为什么会站在那里，在无人知道的凌晨三点，在人人沉睡的暗夜，发出那声孤单凄凉的叹息。

在华美奢侈的另一面，亿万富翁其实也是平常人。成功收购奇峰之后，他到含水去宣布重组计划，路上看见一个卖臭豆腐的摊子，馋得忍不住，就让司机停车，站在臭水沟旁边连吃了好几串，还不断叮嘱陆可儿："多加点辣椒，好吃！"在香港开董事会时，他偷偷把陆可儿的包藏了起来，看着她急得团团乱转，然后眨了眨眼，跟周振兴相视而笑，像个调皮的孩子。

周振兴说："他一生都在演戏，假装残酷，假装成熟，假装无所谓，但事实上，他一直都很天真。他最后几年没怎么笑过，也许只是因为他不认识自己了。"

2000 年的君达公司十分耀眼。"伊能净"成了洗涤市场的领头羊，"冰心"也进入了成熟期，每月回款超过两千万，纯利润至少有五百万，"娇滴"的口红和彩妆虽然还无法跟美宝莲、欧莱雅这些大牌抗衡，但在化妆品市场也算得上是一枝独秀，九个月就销售了五千多万。2000 年，君达公司的广告总投入超过一亿五千万，根据北京一家监播公司的统计资料，中央八套节目中，每隔十五分钟就至少有一次君达产品的广告，相当于每天往中央电视台开一辆奥迪 A6。这其实就是日化行业"拿广告换利润"的基本规律：产品功效，不重要；质量，不重要；只要舍得花钱做广告，自然就会有销售额，销售额上去了，利润自然就滚滚而来。

经济学博士、拥有两家上市公司的肖然其实对金融一窍不通。他一生没贷过款，即使收购奇峰这样资产十数亿的上市公司，用的也全是自有资本。这事基本可以算是一个奇迹：肖然只花了七千万，就成了资产十几亿的奇峰公司董事长。在宣布了一系列重组计划后，奇峰的股票市值翻了两番，他的身家暴增了十几倍，一下子就成了中国内地最年轻的超级富豪。2001年福布斯搞了个百富榜，评了一百名企业家，肖然看后哧地笑了一声，把杂志递给周振兴，站起来漫不经心地走了两步。周振兴看完了，抬起头来望着他，只见肖然似笑不笑地站在那里，夕阳斜斜地照过来，他的瞳孔微微地收缩了一下，似乎正在怕着什么。

收购的事开始于一个玩笑。2000 年 6 月肖然到含水视察，跟分管经济的副市长吃饭，席间偶然谈起当地的几家上市公司，说奇峰本来是效益最好的企业，上市后反而连年亏损，要不是市里支持，东挪西借地帮他们填窟窿，早就被证监会摘牌了。说起这事副市长就挠头，说他就是从这家企业出来的，当初为了包装上市，不知费了多少苦心，这也是他的显著政绩之一，所以现在明知道窟窿越来越大，也不得不硬着头皮填下去，“势如骑虎啊”。苦水倒完了，副市长突发奇想，半开玩笑半认真地说：“肖总，要不然你把它买下来吧，也算帮含水人民做件好事。”肖然正想拒绝，旁边的陆可儿轻轻地踩了他一下，肖然心里一动，举起杯子喝了一口，看见杯里的太阳光芒四射，就像十足的真金。

为了这次收购，肖然重金聘请了了四五位资深注册会计师，在西丽湖边一栋豪宅里秘密办公，没有人知道他们在干什么。陆可儿长驻北京，对外只说回家探亲，七个月里光应酬费就花了好几百万。这事自始至终都很低调，消息被严密封锁，连周振兴都不了解具体情况。等到《中华财经时报》以醒目的大标题报道《“伊能净”重金收购奇峰股份》。收购工作已经基本敲定，肖然指示周振兴汇了几笔钱，然后递给他一个股票账户卡，平静地告诉他：“你现在已经是千万富翁了，我当初跟你说过不会亏待你的，现在你信了吧？”说完转身走了出去，脸上自始至终没有任何表情。

陆可儿一直不肯透露收购的内情，只说那一切很危险。她是一个要强好胜的女人，事事不肯让人，肖然活着的时候跟她吵过不下五次架，有次仅仅是因为周振兴比她多拿了几十万。2003年她加盟广州天晴集团，当资本运营总经理，年薪是个惊人的数字，不过那时她已经不怎么关心钱了，说最大的心愿就是帮老板叶明开建立一个庞大的财富帝国，这曾经是肖然的理想，但还没来得及实现，他就死了。我还惦记着收购奇峰的事，旁敲侧击地问了半天，陆可儿大笑，说：“作家，你不用绕我了，我在商场这么多年，什么阵势没见过？”说完低下头开始收拾东西，柔和的灯光下，她脸上有几条浅浅的皱纹，显得格外动人。

她快三十岁了，容颜姣好，身家千万，但据说还是个处女。她的青春已经过完，正在慢慢老去，但还没有谈过一次真正的恋爱。

收购奇峰是一个“蚂蚁啃大象”的游戏。奇峰股份原来是含水市最大的国营企业，旗下有一家钢铁厂，六家贸易公司，还有一个三星级酒店，光固定资产就有两个多亿，如果算上股票市值，总资产超过十亿元。而到2000年，肖然能拿出手的最多不超过两个亿，还在含水投资了一家大型的日化工厂，预算六千多万。不过这丝毫没有妨碍肖然成为奇峰股份的董事长，其中的奥秘，就在于八个字：分期付款、资本置换。

君达公司一共吃下了奇峰百分之三十七点六的股份，收购价值接近四亿元。根据合同，第一次付款就是五千万，这笔钱一出手，合同立即生效，肖然就成了奇峰股份名义上的掌舵人。陆可儿就从这时显露出她在资本运营方面的过人才华：先是将连年亏损的奇峰酒店剥离出来，以实际价值的十一倍卖给了君达旗下的纳百德；接着又成立了斯迈实业公司，这个公司承接了君达日化全年的利润，超过一亿元，由奇峰完全控股，这样奇峰一下子就从连年亏损中翻过身来。这期间它的股票价格一直在飞涨，等到年报一出，每股收益两毛多，每股净资产增加了百分之四十，有利润就可以转配和增发新股，共配发了六千三百万股，每股价格九块多，这样肖然手里一下子就多出了五亿元，再用这笔钱付第二期、第三期收购款，终于成了名副其实的奇峰董事长。

这就叫作金融。虽然没有创造一分钱的价值，却融来了亿万财富。2002 年初，肖然跟他的投资顾问、一个叫丁克坚的经济学博士谈起这事，丁克坚说金融就是大家凑份子做事，钱虽然在你手里，却不完全属于你，你迟早都要还给人家。肖然看着陆可儿，陆可儿一个劲儿地笑，丁克坚不识趣，自顾自地分析起“奇峰模式”来，说：“奇峰和君达作为一个整体，虽然没有创造任何利润，却有大量交易，而交易本身就是增值行为。”肖然撇了撇嘴，说：“你把儿子卖给你老婆，然后再买回来，你儿子就更值钱了？”然后一本正经地告诉他：“别跟我谈什么理论，理论，是为我服务的！”

收购奇峰只是君达公司进入资本市场的第一步。2001 年，陆可儿主持拿下了西北最著名的雪山股份，改名叫“凯瑞达 A 股”，肖然名下的资产再次翻番。按照她当时的资本运营计划，君达系将在接下的十年里再收购五家以上的上市公司，跨入银行业、证券业、房地产和交通运输业；同时积极进军海外资本市场，在香港或东京股市拥有一个以上的融资阵地；然后以此为基础，组建一个不可撼动的财富帝国，让肖然成为这世界最大的幕后主持人。

这份计划在今天看起来就像是一个玩笑。就在半年之后，肖然死了，肖挺接收了他生前的全部产业，也接收了卫媛的身体。为了表现自己的权威，他什么事都要插上一腿，所有业务都要重新审批。有一天他喝了点酒，无缘无故地骂了秘书刘虹一顿，刘虹心中委屈，哭着辩解了两句，他当场就宣布开除她。刘虹已经跟了肖然三年多了，在公司里人缘很好，人人都替她鸣不平。陆可儿找肖挺说了半天情，肖挺银牙咬定，死不松口，最后还动了肝火，尖着嗓子质问她，说："这公司究竟听谁的，怎么我炒个人都这么困难？"陆可儿想了想，一句话没说就退了出来，一个月后就辞了职。那时君达公司正在进行所谓的"二次创业"，所有管理制度都被推翻重来，包括最为人称道的"哺乳政策"，这个政策是周振兴定的，有一整套挽留人才的措施，比如车接车送、免费住房、高额保险、员工持股……新的政策一出台，整个日化行业都为之震动，两个月里共有六十多名中高层员工辞职，君达公司几乎成了一个空壳。肖挺还不在意，说有品牌、有资金，就不愁没人做事。正大张旗鼓地招聘，噩耗频频传来：江西财务经理携款潜逃，辽宁总经理携款潜逃，西南公司业务员全体哗变，山东公司的货车司机连车带人翻下了山崖……这些事还没处理，又收到了税务局的补税通知，应补缴的税款高达上千万。肖挺手下无人，忙得焦头烂额，天天跺脚骂娘。紧接着证监会的调查组进驻深圳，一个月里过来清查了两次，肖挺硬着头皮对付了几个月，发现事情不好，提了六千万，一个人跑到美国，从此音讯全无。

关于这一切，鞍山的那个女人一无所知。当肖然站在万人面前，庄严地宣布重组计划时，她正在拥挤的公共汽车上摇晃着、颠簸着，她衣着朴素，面色平静，左手紧紧地抓着一个保温饭盒——她妈住院了，她每天都要去送饭。公共汽车转了个弯，她一下站立不稳，猛地撞到旁边一个人身上，饭盒翻了，汤汤水水洒了那人一身，韩灵连声说“对不起，对不起”，手忙脚乱地拿纸巾给人擦拭。那人是个粗汉，嘟嘟囔囔地骂了一声，一脚把饭盒踢出老远，韩灵满脸涨红，走过去弯腰伸手，就要拿到手了，汽车一个急刹车，韩灵砰的一声摔在地上，她慢慢地往起爬，看见一车的人都冷冷地看着自己。

二十七

肖然在法国认识了一个真正的贵族，此贵族姓多纳诺，据说有皇族血统，祖上有位姑奶奶嫁过一个路易，还出过数不清的公侯伯子男。此贵族住在一座18世纪的蜂巢式古堡里，依山面水，四周绿树环绕，房间里到处摆着文物，连夜壶都是明朝的官瓷。肖然在这里待了三个小时，喝了1978年的教皇新堡红葡萄酒，用银餐具吃了几只蜗牛和血淋淋的法式牛排，听了几首他叫不出名字的钢琴曲，心中隐隐约约有点自卑，说："我比你有钱，但你比我过得舒服。"说得贵族摇头而笑。送他们出来时，多纳诺随手搂着夫人的肩膀，他夫人也是满头白发了，下意识地拉过丈夫的手，在嘴边轻轻亲了一下，夕阳的余晖中，她的脸庞微微发红，表情羞涩而甜蜜，就像热恋中的少女。肖然看着，像是突然想起了什么，眼角的肌肉微微地跳了一下，出来后默默前行，一直没说过话。

那是2001年11月，离他的死只有几个月。濒临死亡的亿万富翁看见了一个黄昏之吻，心中会想起谁？

那时韩灵就要满三十岁了，肖然举起那杯造价不菲的美酒时，她正在回家的路上，口袋里装着她刚领到的一笔工资，九百八十七元。那年的冬天特别冷，小区的暖气断断续续的，有一天半夜韩灵被冻醒了，听见她妈在梦里大声咳嗽，韩灵拿出一床棉被，轻轻给她盖在身上，回到房里再也睡不着了。北风吹起雪花，呼呼地响，韩灵站在窗口，失神地望了一会儿，十一月了，鞍山处处冰雪，但深圳应该还是一片青绿吧？

和所有离婚的妻子一样，韩灵伤心了大半年，刚开始每天都要哭几次，后来慢慢地学会了淡忘，不哭了，脸上也渐渐有了笑容。1999 年 4 月，她在一家私人贸易公司里找了一份会计工作，一个月八百元，每天早起上班，晚上回来就跟她妈抢着做家务。她妈也已经老了，一天咳到晚，咳得腰都站不直。慢慢就到了冬天，北方的冬夜漫长难熬，韩灵一边听着她妈咳嗽，一边心不在焉地看电视，半天都说不上一句话。每当屏幕上出现卿卿我我的镜头，她就会悄悄地转过脸去，感觉心中迟迟钝钝地疼。她睡眠还是不好，一晚上要醒几次，有时候深夜醒来，看着空荡荡、黑漆漆的屋子，感觉自己就像住在坟墓里，一切都在变冷变硬，而她自己，早已成了一具不能说话的尸体。

女儿外表柔和、内心刚强，这一点韩妈妈比谁都清楚，劝也不能劝，说也说不得，有几次她心中恨极，提着肖然的名字骂，刚骂上两句，韩灵就冷着脸走开。韩妈妈看在眼里，心中疼得难受，到处张罗着给她介绍对象，那是 1999 年底的事。

韩灵一开始不肯去，后来实在是不忍看那张愁苦的脸，硬着头皮去相了两次亲：一次是税务局的一个科长，刚离了婚，有个上初中的女儿；第二次见的倒是个单身，不过瘸着一条腿。两次相亲，韩灵都没怎么说话，静静地听科长吹自己的神通广大，听瘸子说自己的厚道和善良，听着听着她就会走神，想起肖然第一次约她时的情景：他穿一件崭新的红T恤衫，故作潇洒其实很害羞地问她:“晚上礼堂放《魂断蓝桥》，你想不想去看？”

那是1990年4月，花开草长，春光怡人。女生韩灵看得眼泪直流，男生肖然递给她一张纸巾，擦过泪后皱成一团。九年之后，她已经记不起电影的任何情节，就像当年的那张纸巾，沾满了她的泪水，最终却不知被扔在哪个角落。

韩灵离婚后在鞍山生活了将近四年，四年里越过越艰难。她刚回家时还有点钱，买了一套房子，添置了一些家具，剩下不到五万元。那时鞍山的经济已经开始走下坡路，大量产业工人下岗，乞丐越来越多，治安越来越差，经常听说抢劫杀人的恶性案件，有一次就发生在他们旁边的那栋楼，一对教师夫妇在家里被人活活砍死，财物被洗劫一空，因为这事，韩灵至少有三天没敢出门。她有个比她大很多的表哥，小时候经常带她去厂里玩，现在两口子一起下岗，每月领两百元失业救济金，穷得连肉都吃不上。韩灵有次去他家，看见他们一家三口围着桌子吃馒头就咸菜，看得心里一酸，几乎掉下泪来，当时就下楼提了三千元钱，把表哥感动得浑身哆嗦，说："老妹啊，有了你这钱，你侄儿就能继续上学了。"表嫂当时大哭。韩灵坐了一会儿，越坐越难受，最后红着眼睛下楼。沉沉夜色中，许多女人像幽灵一样陈列在路边，表面欢笑，内心忧愁，不断骚扰着过路的单身男性，希望他们光顾自己不再年轻的身体，用最卑贱、最屈辱的方式来换取明天的生活费和儿子的书包。

"她们也是人，"韩灵说，"仔细想想，她们也许就是我自己。"

1999年韩灵干过三份工作，但每份都没干长，直到她进了那家子弟小学。子弟小学跟普通学校不同，普通学校里老师就是上帝，家长要时不时地进点贡，以便上帝心情好的时候给自己的孩子开开小灶；但子弟小学的老师不过是企业的基层员工，家长要么是你的领导，要么是你的同事，别说进贡了，对学生稍微严厉点都可能饭碗不保。再说韩灵本来就是走后门进来的，腰不粗腿不壮，说话就更没有底气。这一年韩灵还不满二十八岁，但看起来就像三十八岁，脸黄人瘦，容颜枯槁，离婚后也不大注意修饰，显得越发憔悴。她妈隔三差五地住院，每次都要花几千元，身体不仅没见好，反而越来越差。眼看着手里的钱一天比一天少，韩灵又愁又慌，吃得越来越省，2001年全年只买过一件内衣。她妈死时，韩灵哭得人事不省，她表哥一手操持了丧礼。一切结束后，韩灵呆呆地跪在墓碑前，看着她妈的遗照，眼泪都哭干了，心中只想一头撞死，表嫂看她神色不对，半押半扶地送她回家，几天都不敢离眼。那时的韩灵几乎分文皆无，躺了一个星期，一天哭到晚，恨不能趁人不注意从楼上跳下来。不过死也不是那么容易的事，表哥表嫂那么苦心地劝，老宋还带着学生来看过她两次，又送鲜花又送水果，就这么死了，怎么对得起人家？最后还是咬牙活了下来，第一次走进课堂时，学生在黑板上写了一行字：韩老师，您的学生想念您！韩老师看了鼻子一酸，眼泪差点儿流出来。

那是她最困难的时候。但她从来没想过要打那个电话，虽然她一直都记得那个号码。

“你恨他？”

韩灵摇摇头，又点点头，过了一会儿，又迟疑地摇了摇头，说：“我也说不清楚，不过我越是艰难，心里就越平安，我希望他明白：他欠我的，永远都还不清，我要他一辈子良心不安！”

这也许是世间最温柔的惩罚，也许是最恶毒的。但肖然的死终结了一切。韩灵虐待了自己三年，最终还是收下了那一千万，她还没想好这钱要怎么花，不过最大的可能是回鞍山开个公司，不一定要赚多少钱，但至少可以养活一部分人。

那笔钱，一开始就是她的，最后依然是，只不过隔了三年，隔了生与死。

肖然从法国回来那天，正好是韩灵三十岁的生日，那时她妈已经病危了。韩灵买了点鸡肉和青菜，回家烧了一菜一汤，到医院喂她妈吃完后，一个人顶着北风回到家里，在电视前坐了一会儿，刚想去睡觉，电视上开始放“伊能净”的广告，连着放了两次。韩灵看第一次的时候笑了一下，想起 1995 年粤海工业村的那栋灰色楼房，肖然一脸兴奋地冲进卫生间，大声对她说：“韩灵，我想到了！洁身自好，一炎不发，伊能净香皂！”过了几分钟，又播了一次，韩灵的笑容慢慢隐去，想起多年前的一句话：“抱着你，就像抱着自己的小女儿。”那是真的还是假的？真有人这么疼过你吗？

那天是她的生日。但除了她自己，再也没人记得。夜深了，韩灵睡了一会儿，突然醒了过来，慢慢地想起一些事，感觉心像被一根细线拴住了，每动一下都会隐隐地疼。那时夜很黑，窗外风声呼啸，韩灵慢慢地翻过身，举起右臂，张开嘴狠狠地咬了一下。

那时肖然正在最豪华的日光城夜总会喝酒，一个自称姓岳的野模特妖妖娆娆地坐在旁边，又搂又抱的，还不断拿话恭维他，说老板你很帅，又斯文又有男人气，肖然一直没理她，一杯接一杯地喝酒，最后岳野模抓起他的左手，放在自己的大腿上挑逗地揉搓，突然大惊小怪地叫了一声，说：“老板你这里是怎么了？”肖然倏地抽回手，冷冷地回答：“咬的。”岳野模不识趣，继续问："谁这么变态啊，还咬人？"

肖然腾地站了起来，一把将她推了个趔趄，凶狠地瞪着眼，说："你再胡说，我他妈弄死你！"然后满脸通红地走了出去。走过一条金碧辉煌的走廊，走过美女的丛林，在楼梯口站了很久，不知道该向上还是向下，过了半天，他举起手，看着那排永不消失的牙印，身体微微地哆嗦了一下。

那夜繁星满天，星光穿过百万年的光阴，静静照临人间，照着每一处疼痛过的伤口。

二十八

刘元自己都说不清为什么要和沙薇娜结婚，他一直都不喜欢她，不喜欢她的矫情，不喜欢她随时随地一副高不可攀的表情，最不喜欢她叫自己的英文名。刘元在鹤堂公司工作时，因为经常要用英语交流，所以随行就俗地给自己取了个英文名，叫Kevin Liu。凯文刘先生在这事上有点民族沙文主义，始终觉得“刘元”叫起来更亲切，更像人的名字，而“凯文”怎么听怎么觉得假，还有点骚哄哄的。两个人认识后，沙薇娜一天给他发一个邮件，不是叫他“dear Kevin”，就是称呼他“凯文买大令（Kevin，my darling)”，刘元开始还能捏着鼻子读下去，后来一看到就起鸡皮疙瘩，浑身都不自在。

沙薇娜是上海人，那年二十八岁，在一家英国公司当高级商务代表，讲一口标准的牛津英语，月薪两万多港币，自己在蛇口海月花园买了套小复式，开一辆酒红色的思域，算是真正的白领。刘元第一次见她是在香港大通商社的纪念酒会上，那是2001年夏天，他的咨询公司发展势头良好，雇了二十几个人，每月最少能赚几万块，还出了一套光碟，名字叫《公司的谜底》，一套卖一百七十元，外送一本书，上市三个月就卖出了六千套，结结实实地赚了点钱，也出了点名，所以那天参加大通商社的纪念酒会，人人都叫他刘教授。

刘教授那天应约发表了一小时四十分钟的演讲，题目是《非理性的管理》，评述了公司管理中常见的十五个问题，讲得妙趣横生，有大量案例，有精辟的分析，有独到的见解，还时不时插进两句洋话，像“He who knows one,knows none（知其一，其实一无所知）”什么的，听得众人不停鼓掌。讲完后他自己也很得意，整整衣服下台，从侍应生手里接过一杯香槟，姿态优雅地跟旁边几个人聊天，一转头就看见了沙薇娜。

沙薇娜算不上漂亮，但一身闪亮，看上去神采飞扬，眉宇间有一股咄咄逼人的架势。刘元那时对服饰极有经验，只看了两眼，就断定她那一身至少要几万块才能拿下来，沙薇娜穿一件 YSL 的浅蓝色真丝长裙，胳膊上挎着一个古奇的仿古时装包，手上的腕表晶晶闪亮，不是劳力士就是伯爵舞者。看见刘元看她，沙薇娜袅袅而来，大大方方地伸出手，说：“你讲得真好，认识一下，My name is Sevalle。”

也许就是因为这句话，刘元从一开始就不喜欢他的妻子。不过在这种环佩叮当的酒会上，一切都表现得高雅温文，喜欢或者厌烦，赞同或者反对，在表面上看来毫无分别。刘元握着她的手说：“你有非常动人的气质，沙小姐。”气质动人的沙小姐嫣然微笑，说：“男人赞美一位女士的气质，就等于否定她的容貌，刘教授，我不至于那么 ugly 吧？”刘元赶紧作揖，说：

“我的赞美是真诚的，上帝做证，你确实光彩照人。”

生活的奇妙之处就在于：有时候一句无意的话就可以决定命运。2003 年刘元说起这事，表情就像是痔疮发作的哲学家，他皱着眉头，一边沉思一边喃喃自语：“如果当初没说那句话……”然后摇了摇头，笑着对我说，“不过我从没后悔，生活那时也许有多种可能，但只有这一种会产生觉悟。”

那天他们聊了很久，第二天又约好了一起回深圳，通关时下了点雨，刘元为了表现绅士风度，一手打伞，一手轻搂着她的腰。以后的事来得异常迅猛，刘元连想都来不及想，就被裹挟着上了沙薇娜的船，半是心甘情愿，半是身不由己，踉踉跄跄地走到最后，一切都成了他的责任。刘元对此有个经典的评价，说“搞”字本来是“高手”的意思，现在我被她“搞”得心服口服，因为，“她确实是个高手”。

这当然是气话。这场战争没有胜利者，沙薇娜在 2003 年 10 月去了诺丁汉，去时两手空空，一无所获。当然，刘元的损失更大一些，他现在是个性无能患者，也许永远都治不好。

回到深圳后，沙微娜说她心情不好，让刘元陪她去喝酒，一直喝到深夜两点，说了无数半真半假，像挑逗又像玩笑的话。买单时两个人争执了一会儿，刘元力大，按住沙薇娜拿钱包的手，抢着付了钞，沙薇娜像是真的醉了，脸色酡红，气息芬芳如酒糟，紧紧地抓着他的手，说："凯文，我今晚不想回去了，你陪我喝到天亮好不好？"

两年前跟赵捷分手，刘元难过了整整一个月。不过很快他就联系到了一单生意，帮一家著名的电子公司制订第二年的薪酬计划，忙了整整二十七天，方案搞得十分巧妙，一年至少能省四五百万，却没有任何明显降薪的迹象，其中用上了他在鬼子公司学到的全部经验，把员工工资的大部分都以费用方式发放，要用发票冲抵，一年算下来，光省下的个人所得税都是一个不小的数字。这单生意让刘元赚了三万多，以后干脆就走上了这条路，注册了一家小公司，名片印得花里胡哨的，自称是管理专家，到处联系业务，他在业内本来就有点小名气，也会做人，慢慢地就上了轨道，以他名字命名的"中元咨询"也成了业内一块响当当的牌子。

这期间刘元又结识了几个女人，深圳的爱情很纯粹，从肉体开始，到肉体结束，谁都不会说些情呀爱的，更不需要谁对谁负什么责任。他给她们买衣服，她们陪他上床，过后一拍两散，谁都不会想起谁。不过刘元对这事越来越厌倦，他是学佛之人，知道嫖是一种罪恶，不管嫖得多么隐蔽，都将失去他未来的天堂。

"喝到天亮"是一种托词，刘元阅人无数，当然知道它的潜台词是什么。午夜之后，两个人半扶半抱地去了沙薇娜在蛇口的家。沙薇娜在床上表现得十分专业，动作有板有眼，叫床声富于韵律，刘元冲刺之时，她恰到好处地大叫一声，两眼紧闭，身体有规律地微微颤动。虽然明知道那是装的，刘元还是忍不住微微感动了一下，他了解自己的战斗能力，三十岁的人了，虽然有一点技术，体力却是大不如昔，遇上沙薇娜这种高手，他只有甘拜下风。天亮前两位选手又举行了加时赛，刘元左冲右突，即将突出重围，沙薇娜也找到感觉了，叹息般呻吟了一声："Oh，My God。"刘选手一下子愣在了那里，犹豫了半分钟，忽然觉得一切都没意思，悄悄退出了赛场，躺到她身边，平平淡淡地说了一句："天快亮了，睡觉吧。"

一个月后他们就结了婚。那时刘元还没买房，就住在沙薇娜那里，两个人都过惯了单身生活，突然多出了一个人，谁都觉得不大自在。沙薇娜总指责刘元的生活品位，而刘元反感的恰恰就是她这些莫名其妙的品位：吃面条用筷子跟用叉子有什么区别？在外面本来就喝了不少酒，回到家非得再陪她喝上一杯葡萄酒，这是不是脑子有问题？喝茶凭什么就比喝咖啡低一个档次？再说沙薇娜煮的咖啡实在是不敢恭维，又苦又涩，还有股狐臭味。最让他看不惯的就是沙薇娜老是装病，不是这儿疼就是那儿疼，疼就疼吧，还不肯吃药，刘元把饭做好了都不肯起来吃，非得喂到嘴边，又不是演电影，秀恩爱给谁看？所以过了不到半年，他就开始厌烦，做爱也没什么心情，尤其怕听沙薇娜用英语叫床，每次一听到就魂飞胆破，匍匐在阵地上偃旗息鼓，战斗指数瞬间降为负数。沙薇娜不明白他的病根，渐渐地就开始藐视他的武功，有次刘元刚合上眼她就开始自慰，刘元听见身后声音不对，开了一盏灯，看见沙薇娜一边忙活，一边得意扬扬地看着他，嘴里兀自哦耶哦耶地叫，刘元俯下身来详详细细地研究了半天，这时沙薇娜就要到站了，粉红色的灯光下，刘元看见他的妻子牙关紧咬，白眼直翻，脸上毛孔大张，颗粒浮凸，像一张用旧了的砂纸。

从那以后他就觉得自己的身体出了点问题，睡着的时候有感觉，要用的时候状态全无，怎么激励都没有积极性。作为妻子和主要受益者，沙薇娜不仅不协助他治疗，反而恶毒地进行打击，指着录像上犀利刚猛的黑人，用英文说："鸡不能像雄鹰一样飞，你还是歇着吧。"打击得此鸡万念俱灰，佛祖心头坐，羽毛满天飞，恨不能一头撞死。

2002 年 10 月刘元到上海出差，帮一个温州老板筹划一个保健品项目，活儿干得很漂亮，方案出台后，温州老板十分高兴，说有信心在两年之内追上脑白金，出手也很大方，除了合同约定的十八万，又格外给了三万元的辛苦费。刘元拿着这笔额外之财，在南京路上转悠了半天，给岳父买了一匣哈瓦那雪茄，给小舅子买了一辆法拉利车模。坐了一会儿出来，感觉还缺了点什么，就到免税商店花九千多买了一套 SK-Ⅱ，心想沙薇娜毕竟是自己的老婆，管吃管睡，还给他房子住。

他第二天中午回到深圳，出租车司机是个多嘴的江西佬，一路都在控诉当官的腐败，刘元没搭腔，只是在那里笑。到蛇口后看见几个民工打架，他还发了点感慨，想自己当年跟这些人没什么区别，现在有家有业，也算出人头地了，来之不易啊。沙薇娜毛病不少，不过谁家夫妻之间没点矛盾呢，总要慢慢磨合。另外身体好像也好了起来，在上海待了十几天，每天都有状态，可惜没有用武之地。想到这里刘元笑了一下，想这次要跟沙薇娜好好谈谈，别的毛病可以容忍，但无论如何不能再用英文叫床。

上楼，开门。那一袋子 SK-Ⅱ还是有点分量，勒得他手生疼。这时候沙薇娜应该还在公司，刘元放下东西，觉得有点渴，拿着杯子去倒水。走到卧室门口，听见里面隐隐约约有点声音，他心中疑惑，轻轻推开门，只看了一眼，脑袋里嗡地响了一声，一下子僵在了那里，手里的杯子晃了两晃，啪的一声掉到地上，咔嚓裂成碎片。

床上，沙薇娜赤身裸体地跪在床头，一个高大魁梧的洋鬼子叉腿站在她身后，嘴里呼哧有声，墙一般的后背上布满汗珠。听见声音，两个人同时转过身来，房间里鸦雀无声。过了大约一分钟，沙薇娜直起身来，平静地问："凯文，你进来为什么不敲门？”

一年之后，刘元带我去弘法寺，烧了香，捐了香火，在明觉禅师房里喝了两杯茶，刘元的表情很庄严，跟他师父谈了半天宝林逸事，然后闭眼打坐。我觉得无聊，出去转了半天，直到太阳落山才回来，那时明觉禅师已经走开了，刘元双眼紧闭，坐在那儿不停地喃喃自语："浮生如梦，一堕十劫。要之不离，要之不弃，不离不弃，得见真如……"

二十九

赵宝刚给肖然当了三年保镖兼司机，没出过一次事。他是个退役武警，学过两手擒拿格斗，一般情况下三五个小伙子近不了身。跟肖然之前，他先后跟过两个老板，一个是搞服装的，一个是搞房地产的，都是身家亿万的大款，所以赵宝刚也算是见过世面，不过第一次开肖然那辆四百八十多万的防弹奔驰时，他还是有点心虚，打了两次火都没发动起来，肖然坐在后面脸阴得像个茄子，让赵宝刚腿肚子直哆嗦。

赵宝刚跟着他走过十几个国家，住过帝国大厦的六星级酒店，在凯旋门和康桥上留过影，在拉斯维加斯看过脱衣舞；肖然到东京买春，一晚上花了几百万日元，他也跟着沾了点光，肖然甩手给了他五万日元，赵宝刚花三万叫了个制服女郎，剩下的两万偷偷地装了起来。那个制服女郎又冷艳又风骚，啼声婉转，回味悠长，让人欲罢不能。赵宝刚忙活完，想起了自己的职责，就到肖然的豪华套房门口去站岗，一支烟还没抽完，四个千娇百媚的和服女郎鱼贯而出，一边走一边叽叽喳喳地议论着什么。赵宝刚心中疑惑，探头张望了一下，看见肖然一动不动地站在那里，衣冠楚楚，双眉紧皱，显得又疲惫又厌倦，还有点说不清楚的悲伤。

保镖也好，司机也好，都是隐身人，什么事都要看在眼里、听在耳里、烂在心里。三年里赵宝刚见过无数大人物，政府高官、影视明星、身家亿万的大老板，还有一些黑道人物，他了解君达公司最核心的秘密，却从来没跟人说过一句。肖然死后，他给肖挺开了两个月的车，有一天送肖挺和卫媛去香港，看见他们俩在后座上又拉又扯，卫媛一边哧哧娇笑，一边骂肖挺“缺德”，赵宝刚心里一酸，猛地转了个弯，后座上的两个人砰地撞到一起，肖挺大声斥责：“你怎么开的车？！”这时他突然想起肖然死前说的一句话，他那天喝了一点酒，醉醺醺地说：“刚子，除了你，我谁都信不过。”

在赵宝刚眼里，肖然慷慨、仗义，一出手就是几百上千万；他又威风又和气，三年里没对他发过一次脾气，每次出差总要关照一句：“刚子，给家里打电话没有？出差在外，多给家里报报平安，省得他们惦记。”他身家亿万，却很少笑，他嫖，他赌，一掷千金，人人都围着他转，但每次挥霍之后，他总是一副要虚脱的样子，脸色苍白，眼神黯淡，坐在喧闹的人群中一言不发。

著名的“彩衣港姐风波”之后，肖然变得十分神秘，经常会无缘无故地失踪，有一次赵宝刚几乎把蛇口踩遍了才找到他，发现他酒气熏天地躺在一家小酒吧里。赵宝刚过去扶他，感觉他手脚冰凉，身子像钓钩上的蚯蚓一样颤个不停，费了好大的劲才他从座位上抱起来，刚走到门口，听见肖然低低地叫了一声，他脸色煞白，指着自己的心口，牙齿咬得格格作响，说疼，“刚子，疼……”

那段时间肖然是省港最出名的新闻人物，先是被香港某知名人士召见，他是 1997 以后第一个以私人身份觐见这位香港名人的内地人士；接着上了亚洲电视，在谈及香港和内地的关系时，他说了一句名言："幸福与政府无关。”这句话后来被广泛引用，有的说他是在赞美“一国两制”的优越性，有的说这句话含蓄地表达了对两地政府的讽刺，两派观点莫衷一是，争得天昏地暗，口沫横飞。接着《东南亚周刊》独家披露了香港某女明星与一位内地富豪的性丑闻，说此女明星“双腿大开为铜钿，一记烫伤两百万”，各路媒体闻风跟进，一时之间闹得沸沸扬扬，虽然到最后也没公开钟曼琳和肖然的名字，但圈内人人心知肚明。过了不到一个月，肖然到香港彩衣皇宫玩，在门口被狗仔队偷拍了一张侧影，当天就上了《东南亚周刊》封面，说这就是那位嗜好烫女明星私处的神秘富豪，肖然一下子就成了年度风云人物，一个虐待狂、不良富人、SM 爱好者、“猥亵与色情”的代名词。一周后，香港演艺人公会发布谴责声明，妇女权益保障会等多个机构介入调查。就在肖然回深圳那天，两个调查小组秘密起程，分别进驻含水和深圳，这直接导致了“君达帝国”的垮台。

那是2002年3月，彩衣皇宫里一派奢华景象，服务女郎只穿内衣，在人群中穿梭往来，胸罩里塞满小费，四个西洋美女站在台上表演脱衣舞，有的侧卧，有的半蹲，身体像蛇一样婉转起伏，台下观众面红耳赤地大声叫好。肖然皱着眉头走进去，在二楼包厢的长窗前站了半天，突然幽幽长叹一声，给自己倒了一杯每盎司九十九美元的“蓝寡妇”，这时妈咪推门进来，身后跟着长长一排美女。

那时肖然还有四个月的寿命。他身上有六张会员卡，四张信用卡，据说还有几张花旗银行见票即付的现金本票，这些东西可以让他身无分文地走遍全世界。他的一副钓竿价值上万元，一支高尔夫球杆相当于一个白领全年的收入，他在彩衣皇宫一夜的消费可以买一辆轿车。他站在世界的最顶端，但关于未来，他一无所知。

彩衣皇宫是一家秘密的私人会所，所有会员必须通过熟客介绍。肖然2000年秋天成为会员，以后每次路过香港都要进来坐一坐。与彩衣皇宫相比，其他再有名的夜总会都像是大排档，以肖然所在的嘉宝包厢为例，开房费三万，每小时收费五千八百港币，这价格还不包括酒水和服务费。两年里肖然在这里至少消费了上百万，不过这钱花得并不冤枉，彩衣皇宫的老板与三国名将陆逊同名，为人低调，但交际十分广泛，经常在富翁之间穿针引线，肖然通过他结识了无数商界名流，有年轻的船王、血统复杂的金融家、出身名门的地产大亨、风度翩翩的传媒巨子，这些人谁都不比他钱少。那时候肖然还不像后来那么有名，大多时候都是沉默地坐着，偶尔发表一点见解，看上去像南瓜一样木讷老实，直到 2002 年著名的“彩衣港姐风波”。

“港姐”真名叫秦巧云，身高一米七五，五官酷似李嘉欣，所以人人叫她港姐。港姐在彩衣皇宫的身价是每小时三百英镑，也可以用美元和港币结算，但拒收人民币。这是陪聊的价格，摸一摸捏一捏无所谓，如果想采取进一步的攻势，那就要问问自己的荷包答不答应。虽然价格不菲，但从来也不缺买家，在生意最红火的 2001 年，港姐秦巧云一晚上要转四五次台，每天都要赚半盆钞票。江湖传闻，说她有一天去卫生间，在镜前涂抹完毕后，服务生笑嘻嘻地跟她讨小费，港姐冷冷地哼了一声，伸手在挎包里抓了一把，眼睛不眨地扔在盘子里。那一把最少有三四千港币。

那天肖然去得晚了一点，妈咪带小姐进来时，港姐已经转战多处，分身无术，不能过来陪他。妈咪一脸狐媚地引荐新产品，说你要不要新来的芬兰波霸，才十七岁，最鲜嫩的金丝猫，见肖然不感兴趣，她又推出了崭新的重庆玉女、未开封的境外白人，还有一对跳舞的孪生姐妹，据说曾经多次给张国荣伴舞，肖然一概不理，挥挥手把她们全轰了出去，说："我就要秦巧云，你把她给我叫来。"妈咪一脸为难，说港姐正在坐林少的台，实在腾不出身来，你还是叫别人吧。肖然勃然大怒，说："林振是个什么东西，我让他几次了，他让我一次就不行？今天晚上我要定秦巧云了，要多少钱，你让她自己说！"

风波就是这么起来的。肖然和林振都是彩衣皇宫的老主顾，谁都不能得罪，妈咪硬着头皮两头调解，调解了一个多小时，矛盾不仅没有解决，反而愈演愈烈。港姐的身价也一路飙升，从五十万到一百万，一直涨到五百万，肖然正要继续投标，那边林振改口了，对妈咪说："你问问他是不是白痴，有那五百万，我还不如请几个黑道，一枪干掉他！"然后就开始人身攻击，林振骂肖然是"大圈农伯"，捡了两个土钱就忘了自己是谁了，"你让他搞搞清楚，这是香港，不是深圳！"肖然骂林振是骗子世家，靠他爹卖玻璃赚的几分钱到处招摇，早晚要被人砍死，"仆街的王八蛋！"骂到最后，两个人都怒不可遏，林振拽着港姐踹门而入，说："你不就是想上她吗，老子就是不让你，我现在就上给你看！"说着就开始撕扯港姐的裙子。肖然气得脸色铁青，抄起酒瓶子就要敲他脑袋，想了一想又放下，大喊一声："刚子！"赵宝刚纵身而入，挥拳直取林振，噼噼啪啪一阵乱响之后，只见林氏珠宝的公子瘫坐地上，眼窝淤青，鼻血横流，这时门口围了一大堆人，林振艰难地站起来，恨得银牙咬碎、眼眶瞪破、鼻孔翻转，在他身边，肖然正轻薄地搂着港姐，脸上似笑非笑，眼睛里闪着冷冷的、狼一般的光芒。

那次肖然差点儿回不了家。林振扬言要花一千万干掉他，赵宝刚全副武装，一再戒备，还是感觉到了那无所不在的危险，最后只好请求一批朋友出马，一直把他们护送过关。那段时间肖然的楼下一直有人逡巡，连停车场都有人站岗，腰里鼓鼓囊囊的，明显是硬家伙。肖然对此倒不太在意，他那天跟港姐调了很久的情，临上床时突然没了兴致，披着睡衣在书房抽了两支烟，随手翻出来一摞照片，他信手翻着，慢慢地想起几年前的一些事。那时天快亮了，港姐在他的床上已经睡熟，四周金碧辉煌，然而死一般地寂静。肖然看着看着，突然在一张照片前停了下来，那是他和韩灵在深圳的第一张合影，在小梅沙，韩灵穿着泳衣站在海滩上，年轻的脸上容光焕发，他搂着她的腰，从救生圈后探出半张脸，眯缝着眼睛大笑。仔细想想，那已经是九年前的事了，“九年了啊”，肖然轻轻地叹了一声，门口的赵宝刚听在耳里，不由自主地哆嗦了一下。

那时他们还很穷，在路边小摊上吃海鲜，点了鱼、虾和螺，一共花了不到四十块钱。吃鱼时韩灵被鱼刺扎破了手指，出了两滴血，肖然抓过她的手，放在嘴里使劲地吮，韩灵说“脏”，肖然说不怕，“你怎么样都是干净的”，说得韩灵心中感动，拿另一只手慢慢地摸他的脸，嘴里轻轻地问：“我们会一直都这么好吗？”

吃完饭去游泳，耳鬓厮磨了半天，肖然心中动情，一把将她搂进怀里，当着很多人的面就开始亲她，韩灵难为情，说别，别，有人在看，越挣扎他就抱得越紧，嘴里嘟嘟囔囔地说就是要他们看。亲了半天，韩灵一脸羞红地抬起头来，叹着气说：“这地方多好啊，真想一直在这里住下去。”

肖然说：“等咱们发财了，就到这里买套别墅。想住多久就住多久。”

韩灵说：“住一辈子。”

肖然笑，说那就住一辈子，咱们一言为定，谁都不许耍赖。

“不许耍赖……”肖然轻轻地念道。那张照片在黑夜里慢慢落地，没有发出一点声音。

肖然死后，留下了十一套豪宅，一套价值千万的别墅，还有两辆奔驰、一辆加长凯迪拉克和一辆陆虎揽胜。2003 年 4 月，含水市国资局和凯瑞达股东联合会共同起诉君达公司，这些财产大多被查封、扣押、拍卖，作为最后一个留守者，赵宝刚保存了两大箱肖然的私人物品，其中有十九封信，这些信大多是韩灵大学期间写的，介绍完她的大学生活，剩下的就全是思念，说我想你想得快疯了，说我们什么时候才能见面啊，说我上课时想你，吃饭时想你，连考试时都在想你。在其中的一封信里，韩灵密密麻麻地写了一整张纸，内容全是肖然的名字：肖然，肖然，肖然……

那个死者再也听不到了。这封信里有多处模糊，像是被眼泪打湿的。时隔多年，我无法分清那是谁的眼泪，只好去问韩灵，韩灵一字一句地读完了她当年的作品，浑身剧烈地颤抖，说："是他，是他！"然后伏在桌上号啕大哭，说："我只想我走了他会高兴，没想到……没想到，他也在哭！"

看到最后，我发现了一封没寄出的信，是肖然的笔迹，既没抬头也没落款，看不出写于什么时间，信的开头用一句话概括了他的生平："我现在功成名就，却经常感到孤独。"然后介绍他的现状：慢性胃炎，高血脂，视力下降，经常觉得没有力气，"吃的东西很贵，但都不可口。经常失眠，身边有无数女人，但都不值得相信，更不值得爱。赚钱太容易了，越来越没意思。"后面涂抹了一整行，接下来是这样一段文字：

> 我现在很辉煌，也很危险，也许就快死了。我不知道你在哪里，也不知道你在干些什么，我从来没问过。我经常想到你，两年之前每月想一次，一年之前每星周（期）想一次，现在每天都会想。你也许不相信，我还好几次梦

到过你，你还像原来一样漂亮，你在校门口掐我，在女生楼下咬我，不过一点都不疼。

我和原来差不多，一百四十斤，不过头上开始长白头发了。你呢？你胖点了没有？你走的时候太瘦了，胖一点会更好看。我常常在想，如果你那时不那么倔，我们是不会分开的。你为什么要逼我呢？我只是要一个说法。唉，不说这些了，说了也没用，我们不可能回回（到）从前，是不是？所以我只希望你能过得好。

我一生做过很多坏事，也做过很多好事。但从来没对不起谁，除了你。你为我吃了那么多苦，却不肯要我的一分钱。你是存心让我难受吧？

还有，我前些天去了一趟咱们的家，那里到处落满了灰，你从前的衣服都被虫子咬坏了，你喜欢看的那几本杂志还放在原来的地方，纸都发黄了。我还找到了你大一那年的语文试卷，你有道填空题答错了，不过批卷老师没看出来。

你还记得临走时我说的话吧，我早晚会给你一大笔钱，你不要都不行。真的，你不要都不行。

这段话里有几处错误，一是把“每星期”写成了“每星周”，二是“回回从前”，我读了几遍，认为应该是“回到从前”。抄录这段话时，我心里一直想着肖然的样子：他坐在书桌前，写两句就停一会儿，站起来走两步，抽支烟，然后再接着写。黄昏的太阳斜斜地照着他，他面色平静，脸上似笑非笑，两只瞳孔微微收缩，就像他遗照上的脸。这是一封注定不会寄出的信，他想写给谁看？他写的时候会叹气吗？

没有人知道。

对了，还有那行被涂掉的字。韩灵把信翻过来，对着太阳看了半天，看着看着，她的脸色突然变得铁青，那张纸轻飘飘地落到地上。在空荡荡的屋子中央，韩灵抖了一会儿，双手捂脸，使劲地哭。

肖然说：我讨厌过你，但直到你走后我才明白，原来我一直讨厌的你，已经成了我不可割舍的一部分。

三十

孙玉梅把有钱的男人分为三种：钱多人傻型、钱多人精型、钱多人渣型。天下有钱男人湟湟多矣，但总不出孙靓女之所料。所以聪明的女人一定要看准了鹰再放兔子，赚第一种男人的钱，与第二种男人合作，玩弄第三种男人的感情，但一定不能让他得手。

这确是高论。我听了大笑，问她：陈启明算哪一种？

这下轮到孙玉梅不好意思了，她忸怩了半天，期期艾艾地说："他哪种都不是，他……他是个好人。"

好人陈启明一直在找他的儿子。找了整整两年，人瘦得像根旗杆，脸上一把皱纹，他吃得很少，烟越抽越凶，经常不住声地咳嗽，随时能咳出来果冻一样的浓痰。黄芸芸还是老样子，天天木呆呆地坐在那里，不知道吃也不知道喝，她走路本来就轻，现在更是变得像鬼魅一样，经常会无声无息地站在他身后，话也不说，灯也不开，眼睛直直地盯着，眨都不眨一下，几次都把陈启明吓了一跳。有一天他还在睡觉，迷迷糊糊地觉得屋里有人，睁眼看见黄芸芸就站在床头，那时天刚蒙蒙亮，屋里很黑，只能隐隐约约看清东西，黄芸芸眼睛大睁，像害怕一样盯着他看了半天，然后慢慢走开，一步步倒退着走了出去，自始至终没有发出一点声音。陈启明心里发冷，翻身坐起，看着她白得吓人的脸，轻轻飘动的一头乱发，像见鬼了一样，身上的寒毛一根根地竖了起来。

第二天陈启明就把她送进了精神病院。黄芸芸一路都没说话，一直静静地看着窗外，经过莲花山时，她像是想起了什么，指着草坪上那群嬉闹的孩子，对陈启明含糊不清地说："宝宝，宝宝……"陈启明扭头看了她一眼，突然心中一酸，停下车，一把将她搂了过来。路边有个捡垃圾的老头儿好奇地看着他们，陈启明紧紧地抱着自己的妻子，看着那个愁容满面的老头子，感觉到两个人轻微的心跳。

医生说黄芸芸没有危险性，不会伤害任何人，她只是在思念自己的儿子。不过陈启明还是坚持让她住了进去。他帮黄芸芸铺了床，交了七千元生活费，要走时觉得心里空落落的，就又回去看了她一眼。黄芸芸像是明白了一点什么，可怜巴巴地看着他，像一个就要离开父母的小女孩，一脸依依不舍的神情。陈启明帮她梳理了一下头发，然后轻轻搂着她的肩膀，本来是想笑一下，咧了咧嘴，眼泪差点儿流下来。黄芸芸脸上的肌肉颤了一下，突然伸出双手抱住了他的腰，抱得紧紧的，陈启明心里一动，就那么直直地站着，眼泪终于忍不住慢慢流了下来。

仔细想想，他们这辈子一共也没说过多少话。第一次见面时黄芸芸很害羞，黄村长给他们介绍完后，她低低地说了一句“你好”，然后就垂头而坐，一直到最后也没开过口，甚至让陈启明怀疑她有语言障碍。结婚那天陈启明被灌了不少酒，黄芸芸的几个女伴进来闹洞房，叽叽喳喳地又说又笑，陈启明心中不耐烦，又不好开口撵人，冷冷地看着他的新娘站在人群中傻笑，笑一会儿就瞥他一眼，脸上一片羞红。洞房闹完了，陈启明和衣躺到床上，想起未来，忍不住难过起来，感觉像丢了什么东西。黄芸芸犹犹豫豫地躺到他身旁，用小手指头轻轻碰了他一下，陈启明心里一阵腻歪，倏地抽回手，翻了个身，拿后背对着她。将睡未睡之时，听见身后窸窸窣窣地响，他侧过脸，看见他的新娘已经起身，站在喜气洋洋的洞房中央，表情似悲似喜，脸上一片茫然，像一个找不到家的孩子。

那是这个丑女人一生中最美丽的日子。她描了眉，化了两次妆，穿一件合身的红缎子旗袍。她一生善良，但从来都没人在意过她，即使在她最美丽的那一天。

为了找儿子，陈启明在报纸、电视和电台都登了寻人启事，悬赏十万，后来又增到二十万。过了一年多，还是踪影全无，陈启明一狠心把赏格加到五十万。重赏之下，必有好事之徒，那时不断有人打电话过来，提供各种虚无缥缈的消息，陈启明为此花了不少钱，从广州到西安，从上海到四川，腿都跑细了，也没找到儿子的一根头发。找到最后，陈启明自己都绝望了，想起儿子用胖乎乎的小胳膊搂着他，嘴里不停地叫爸爸，心里就像刀扎一样。每次失望而归，摇摇欲坠地走进空荡荡的家，他总会想起当年的情景:黄芸芸一脸讨好的笑，儿子伸着小手，颠颠地扑进他怀里，一边叫爸爸一边咯咯地笑。而仅仅过了一年，一切都已经万劫不复，老婆疯了，儿子丢了，陈启明问自己：我活着究竟是为了什么？

那时他有很多钱。因为“伊能净”商标的事，肖然给了他两百万，他投资的影楼和建材生意也开始赚钱，账户一天比一天充实，但这又能说明什么？赚钱是个好事，但赚来的钱留给谁花？他的生活已经是一塌糊涂，一个人吃，一个人睡，家里乱糟糟的，脏衣服扔得到处都是，每天吃外卖，一屋子泡沫塑料，空气中飘着一股馊饭的味道，实在看不过眼时，他会打扫一下，但打扫到一半就会停下来，浑身力气全失，心想：我这又是为了什么？我还需要干净吗？

那就继续找吧。不停地找，绝望地找，毫无意义地找。肖然劝过他，刘元劝过他，最后连黄仁发都劝他别找了。陈启明表面上答应，转过身去却依然如故，除了找儿子，他还能干些什么？儿子毕竟不是他们的，在这繁华而凄凉的城市，有无数东西可以分享，但生活，谁又可以帮着分担哪怕一丁点？

2001年底，湖南益阳破获了一个专门拐卖婴儿的犯罪团伙，共救出五十七个被拐卖的孩子，他们分布在广东各地，有的被挖去双眼，有的被抽掉脚筋，然后躺在繁华路口和香火鼎盛的寺庙门口乞讨，讨到的钱全部上缴，完不成任务就没有饭吃，有时还要挨打。陈启明闻讯赶去时，黄振宗已经不认识他了，他歪着小脑袋，又黑又瘦，身上破破烂烂的，像只饿了很久的小猴儿。陈启明抱起他，感觉万箭穿心，听见他像念经一样地嚷嚷："老板老板发善心，可怜可怜苦命人。"还没念完，陈启明就哭了起来，浑身剧烈地颤抖，眼泪吧嗒吧嗒地落到儿子身上。

找回儿子后，他的生活正常了一些。每周都会带着他去看黄芸芸，黄芸芸经过治疗后，病情有所好转，有一次居然认出了儿子，双手死死地抱着他，说什么也不肯放开，把黄振宗勒得呜呜直哭。一个护士上去掰她的手指，黄芸芸一边嗷嗷地叫，一边不停挣扎，但就是不肯松手，一脸慈祥而狰狞的笑。拉扯到最后，终于把黄振宗抢了下来，在场的人都长出一口气，陈启明护着儿子，看见黄芸芸一屁股坐到地上，眼泪唰唰地往下淌，她看一眼护士，再看一眼丈夫和儿子，双手直直地伸着，嘴里不停地叫："宝宝，宝宝……"黄振宗害怕，说什么也不肯过去，陈启明心里一阵难过，伸手扶起她，连儿子一起抱在怀里，想起当年一家人和和美美的情景，心里又拉又扯地疼。那时黄芸芸哭，黄振宗也在哭，陈启明双手用力，把一家人紧紧抱成一团，感觉妻子和儿子的眼泪纷纷落在胸口，就像最冷的水、最锋利的刀，以及最滚烫的鲜血。

2002 年元旦前，他带着岳父岳母和儿子一起去看她。那天的太阳很好，晒得人浑身暖洋洋的。岳母细心地喂女儿吃东西，黄芸芸两手抱着儿子，嘴巴下意识地一张一合。黄振宗一脸惊恐和厌恶的表情，他一点也不喜欢这个丑陋的疯女人。黄村长来回踱步，叹了半天的气，对陈启明说：“你想离婚，就离吧，她看来也就这样了。”陈启明手一哆嗦，转过头去看黄芸芸，太阳暖暖地照着，这个丑陋的疯女人像是听懂了什么，慢慢地抬起头，一言不发地盯着陈启明，像个又冷又饿的孩子一样，一脸都是乞求的神色。陈启明被她看得有点心虚，过去摸了摸她的脑袋，这下黄芸芸高兴了，咧开嘴慢慢地笑了起来，冬日的太阳暖暖地照着，她笑得如此灿烂，似乎是天底下最幸福的女人。

直到这个故事写完，黄芸芸还是住在医院里。陈启明几次说要接她回家，但一直也没有接回去。他越来越少去看她了，开始是每周一次，后来一月一次，现在几个月才去一次。我离开深圳前，打电话问他黄芸芸的近况，陈启明在电话里尴尬地笑，说：“过完年吧，过完年我就把她接回来，反正她也没什么危险性。”

是的，医生说过，这个病人没有任何危险性，永远不会伤害谁，她只是在思念自己的儿子。

三十一

周振兴辞职时，名片上有四个头衔：君达集团常务副总裁、君达投资公司总经理、奇峰股份执行董事、斯迈实业公司总经理。这四个头衔每年的工资和袍金（即董事酬金）至少有两百多万。此外他手上还有几十万股奇峰股票，折算下来也有个几百万。不过千万富翁周振兴看起来并不像个有钱人，他不请人吃饭，也从来不去歌厅和夜总会，除了一块劳力士满天星，全身上下没什么值钱的东西。连这唯一的奢侈品都是肖然送他的。

那天是他三十六岁生日，也是他在公司站的最后一班岗。到这时他已经在君达工作了五年多，眼看着它从三个人发展到三十个人，再到三百人、三千人，收购了两个上市公司后，连他自己都搞不清楚有多少人。作为开国元老、中兴名臣，周振兴笃信中国哲学，尤其重视“赵普之学”和“赤松之术”。赵普是赵匡胤的宰相，他有句名言叫“半部《论语》治天下”，这其实就是中国官场历来秘而不宣的“从龙术”，伴君如伴虎，所以要始终谨慎，身居高位，尤其要注意低调从事，处处紧跟领导，万万不可夺了老大的光彩。“赤松之术”是道家的学问，周振兴研究这个，不是要去炼丹、造化肥或者长生不老，而是要及时地功成身退，现在的君达万事兴旺，缺了谁都能照常运转，退隐是其时也。另外周振兴也感觉到了公司的种种隐患，他给肖然的辞职信中说，目前公司的摊子铺得太大，人才跟不上，管理跟不上，连财务都乱得一塌糊涂，坏账几千万，2001年还发生了好几起卷款私逃案件，虽说不足以动摇公司之根本，但应该引起足够重视。说得言辞恳切，字字滴血，不过想了想，还是全部删掉了。这些事，肖然又何尝不知道？说或者不说，又有什么意义？

谁都不知道肖然是怎么想的。一直到周振兴离职那天，他还在一份报告上批复："阅。转周总审批。"那是上海公司请求购置汽车的报告，周总看后哭笑不得，本想把它退回去，想了一想觉得不对劲，他自己说的，在位一天，负责一天嘛，于是认认真真地读完了报告，郑重批示：不同意。然后去找肖然，说："老板，我的工作都交出去了，手头的事也全部做完，跟你告个别，我明天就不来了。"肖然丢给他一支软包装的斑点中华，说坐一下吧，周振兴依言坐下，想说点什么，一时又觉得无话可说，那边肖然也是沉默无言。过了半天，周振兴又说要走，肖然很留恋的样子，轻声说："再坐一会儿，再坐一会儿。"周振兴也有点惆怅，看他来回踱步，心里一跳一跳地难受。肖然踱到窗前，突然转过身去，没头没脑地说："我这些天常常在想……"周振兴一愣，抬起头来看他，这时正是黄昏时分，残阳如血，整个城市弥漫着一股妖异之气，肖然站在红彤彤的微光中，嘴唇张合了两下，却什么也没说，只是静静地站着，过了一会儿，他背对着周振兴挥了挥手，轻叹一声，说:“你走吧，今天走了，永远不要再回来。”

谁也不知道肖然那时究竟在想些什么。他是亿万富豪、焦点人物、世界的核心，然而，他马上就要死了。对于他的死亡，人们有多种看法，有的说是谋杀，有的说是意外，只有周振兴认为他是自杀。拥有一切就是一无所有，周振兴说：“他什么都试过了，然而还是找不到活下去的理由。”

为了给周振兴送行，君达公司在阳光酒店包了一整层，光酒水就花了十几万，每桌都上了龙虾和鲍鱼，中间还安排了歌舞表演，一直闹到深夜两点。喝到最后，人差不多都走光了，整个大厅里空空荡荡，服务生一边清理现场，一边不停地打着哈欠。周振兴手捏蟹钳，嘴喷热气，红着眼历数肖老板的大恩大德，说到动情处，酒气上涌，眼泪都流了出来。陆可儿那天来月经，本来不想喝酒，看见一向纽扣系到脚心的老周都开始撒泼，也就豁了出去，先喝白井坊，再喝人头马，最后喝了两瓶冰镇金威，喝得脸如朝霞，跟着老周一起夸他们老板，夸了两个多小时，一直是这句话：“我只说一句：没有你，就没有我的今天！我只说一句：没有你，我哪有今天？”

那是君达公司最后一次聚会，水陆俱陈，美酒盈樽，人人笑逐颜开，但谁都不记得肖然说过什么。我问过在场的很多人，他们都记得那次欢送酒会，说第一次看见周振兴那么狼狈，头发散乱，领口大开，脸红得像个沙瓤西瓜。还有陆可儿，她在下属面前一直都不苟言笑，那天却跟很多人都喝了交杯酒。而对于真正的主角，人们却没有任何印象，有的说肖然看完节目就走了，还有的认为他根本就没到场，因为欢送会一直是秘书刘虹在主持，连开头的祝酒词都是刘虹说的。

如果这是真的，那么坐在周振兴和陆可儿中间的究竟是谁？是谁一直听着他们的表白默默无语？

一年后，周振兴的“振兴高级中学”奠基，陆可儿到场祝贺，我作为深圳文化人的代表上台讲了几句话，告诫他的学生“不迷信，不盲从，独立思考；多阅读，多留意，遍地学问”，讲完后周振兴给了我一个三千元的红包，然后请我和陆可儿吃饭。再谈起肖然，他喟然长叹，说我那时就感觉他活不长，每次进他办公室，总看见他一副无精打采的样子，说的话越来越怪，越来越玄，再想想他的身份，感觉挺瘆人的。这话还没说完，陆可儿一下子叫了起来，说是的，我想起来了，那天……

那天是凯瑞达收购总合同签约之日。根据陆可儿的估算，这份合同签完，在两年之内，肖然手里至少要多出六个亿的现金，十五亿以上的总资产，不过他似乎一点都不高兴，签合同时表情淡淡的，还有点说不明白的忧郁。陆可儿开始还认为他是在“作老板秀”，故意扮矜持，于是就跟他开玩笑，说老板，照这样下去，十年之内你就能超过李嘉诚，到时候咱们也去外太平洋买几个岛，招一大堆雇佣军，然后宣布独立，你也来过过当皇帝的瘾。肖然没理她，翻着文件刷刷地签名，一边签一边说“当皇帝没有好下场”，然后伸出左手，说算命的算我今年有血光之灾，你看呢？

这句话，陆可儿当时并没有在意，但过了一年，她再想起这句话，感觉一身冰凉，抖了一会儿之后，她大声说，现在我想明白了，他那时，他那时就知道自己要死！

根据陆可儿的描述，肖然当时脸色煞白，眉宇间一股青气，看起来鬼气森森。他眯缝着双眼，似乎在看一件很远的东西，但仔细看看，又发现他正在逼视着你，那目光涣散无神，却又幽深如井，像墓园中明灭不定的鬼火，让人害怕，但他自己，似乎也正在怕着什么。

这世界很危险。

——引自肖然的遗嘱。

还有他的手。那是一只伤痕累累的手，中指上有一处割伤，那是割草时留下的，那年肖然刚上小学一年级；虎口上有一处划伤，那是他小时候跟女生打架留下的战绩，伤于1980年，那时肖然家刚刚装上电灯；最惹人注目的是掌心的烫伤，烫于十年之前，那时韩灵刚打完胎，在公司门口晕倒，肖然坐车去看她，在半路上发了一个誓；在手掌之外，还有一排殷红如血的牙印，在某种意义上，那或许是他一生中唯一的财产。

那是一只伤痕累累的手，一切纹路都已经被割断。

“彩衣港姐风波”之后，肖然一直没离开过深圳，但谁都找不到他。他的别墅一直空着，家政公司每周上门搞一次清洁，从来没见过主人；秘书刘虹天天往他桌上放文件，放了整整两大摞，但一直到最后他也没看过一眼；那段时间卫媛忙着打理她的美容院，每天晚上打他手机，总是听见提示音：“您拨的用户已关机。”有一天深夜，鞍山的韩灵忽然被电话惊醒，她迷糊了半天，等拿起话筒时，已经没有任何声音。

“别松手，”肖然说，“人这么多，千万别走丢了。”

那是1997年7月1日。肖然带韩灵母女在沙头角看焰火，当零点钟声敲响，两岸同时传出欢呼声，肖然突然抓住了韩灵的手，那时人潮涌动，韩灵甜蜜地笑着，看见肖然的脸被满天礼花照得格外清晰，像一帧永不褪色的照片。

“那一定是他，”韩灵木呆呆地说，“他死前还想着我。只差半分钟，我就能抓住他了。”

肖然死前见过潮阳强仔。那时强仔已经改称强哥，在江湖上崭露头角，除了替君达公司讨债，他还开了一家“蓝猫”夜总会，据说这里面也有肖然的股份。虽然生活在美女窝里，强哥却一直都很保守，只跟“蓝猫”的妈咪一个人相好，此妈咪名叫尹虹，东北师范大学毕业，曾经在嘉华不夜城当过两年坐台小姐，和强哥好上以后，她就金盆洗手，结束了自己的皮肉生涯，兢兢业业地替他打理生意。“蓝猫”开业后，她把当年的姐妹全拉了过来，用大学里学到的教育才能，把她们训练得像真猫一样乖，现在的深圳娱乐界有相当一批妈咪都出自她的门下。直到今天，她们提起她来都赞不绝口，说她“有型有路”。有型有路的娱乐天后现在还在羁押期间，我去看守所看她时，发现她并不像想象中那样艳光四射，而是一个容颜枯槁、神情呆滞的女人。谈起强哥，她始终淡淡的，说：“我爱上了一个无恶不作的歹徒，但我从来都不后悔，因为没有谁像这个歹徒一样疼过我。”说完这句话后，她嘴角抽动，微微地笑了一下，目光突然活了起来，整个人也有了光彩，看上去风致嫣然，又妩媚又亲切，十分动人。跟她聊了将近三个小时，要离开时，我的警察朋友突然把我叫住，递给我一张纸，说你看看，这个鸡居然还是个诗人。

那是一张口供专用纸，撕得缺口不齐，上面用娟秀的行楷写着这样一句话：

半生恩仇半生花，

血满衣时未到家。

我浑身一阵冰凉，愣愣地看着这张薄薄的A4纸，感觉身上的寒毛一根根地竖了起来。是的，就是这句话，我以前无数次听人说起过，但直到现在才明白什么意思。

这句话是强哥的命运，间接地，也与肖然有关。2001年底，强哥陪肖然去潮阳一座小庙里求签。肖然得了一支“下下签”，强哥在旁边嘟嘟囔囔地诋毁神明，说老子就不信这些东西，肖然笑，说那我替你求一支吧，闭上眼摇了半天，一只竹签啪地落到地上，强哥拿起来看了半天，脸色渐渐变了，跟在肖然身后默默地往外走，一直到下山，两个人再也没说过话。

那天的事尹虹记得很清楚，肖然来得很晚，进门时脸色阴沉，谁打招呼他都不理，直接进了他专用的“罗马”包间。尹虹端酒进去时，他正在和强哥吵架，那是她第一次见肖然发那么大的脾气，他两眼血红，脸上青筋暴起，嘶哑着嗓子吼：“你放屁！我什么时候叫你杀过人？！”强哥也不示弱，梗着脖子顶他，说：“这是规矩，要么给钱，要么丢命！”两个人互相瞪了半天，看样子恨不能把对方吃了。尹虹赶紧给他们倒酒，肖然来回走了两步，端起杯来一饮而尽，慢慢地平静下来，说："就算是规矩，那他老婆又犯了哪条规矩？"强哥犹豫了一下，低下头，说："她……她看见我的脸了。"说得尹虹心里一阵哆嗦，刚要走开，听见肖然不阴不阳地问："我也看见你的脸了，你怎么不连我也一起杀了？"

这也许就是肖然说的"坏事"。2002 年 5 月，汕头一对商人夫妻离奇失踪，家里财物被洗劫一空，公安局调查了半年，没找到任何线索。直到一年后，广东警方破获了一个黑社会性质的犯罪团伙，才顺带破了这桩无头公案。根据报道，杜根强团伙共抢劫、勒索财物数千万元，犯下五宗命案、无数宗故意伤害致残案。一共有五十余名人犯被捕，其中包括长期纵容、包庇该团伙的某公安处长。案件侦破后，公安局查封了盛极一时的"蓝猫"夜总会，全国通缉首犯杜根强。那时强哥已经带着尹虹逃到了澳门，一直闭门不出。有一天实在闲极无聊，去赌场玩了两把，输得心情大坏，跟一个当地烂仔口角了两句，赌场经理拉偏架，指使保安把他硬叉了出去。强哥心中愤怒，他什么时候吃过这种亏？于是又偷偷溜了进去，抽冷子扑上去一脚将赌场经理踹翻，又扇了两耳光，然后转身就跑，结果还没到家就被人追上，一番鏖战之后，身中四刀，扑倒在血泊之中，不过还没有断气，跌跌爬爬地坚持着往回走。那时尹虹刚煲好汤，听见门铃响，知道是爱人回来了，笑嘻嘻地打开门，没想到迎面看见一个血人。她惊呆了，手里的汤碗咔嚓落地，强哥爬了两步，一头扎在地上，尹虹过去扶了两下没扶动，听见强哥喃喃地说："老子终于……"

老子终于死了。

老子终于明白了。

他的普通话一直不标准，尹虹说，也许他说的是："老子中意……"

老子中意这个结局……

老子中意你，尹虹……

说到这里，尹虹双眼灌满泪水，她拼命地眨着，生生把它憋了回去，然后看着窗外那角小小的蓝天，轻轻地念道："半生恩仇半生花，血满衣时未到家。"

三十二

那座城市，也许只是你的想象。它出现于一夜之间，像海市蜃楼一样虚幻而美丽，你走得越近，就越看不清它。你凝视着它，为它哭，为它笑，久而久之，你终于发现，原来它只是你的一个影子。

一个乞丐说：这里冬天不冷，真好。

一个民工说：工资高啊，我干了四年，在老家盖了一栋楼，人人都以为我发了财。

一个坐台小姐说：陪聊三百，过夜一千五，等我妹妹大学毕业，我就不干了。

一个白领说：我来了六年了，供了一套房，压力不小，只想找一份安安稳稳的工作。

一个老板说：钞票决定一切。没有钱就没有生活。

鹏鸟的故乡。梦想之都。欲望之渊。爱无能的城市。沦陷的乌托邦。失去信仰的耶路撒冷。然而你知道，一切比喻都没有意义。当周振兴忙于推销他的新概念教材，当陆可儿开始新一轮的收购和兼并，当刘元和陈启明在某个地方做着某事，当韩灵和卫媛在另外的地方做另外的某事，世界仍然日复一日地繁华着。于是你知道，生命不过是一场虚无的华宴，觥筹交错，歌哭无休，然而任何人的缺席都不会改变什么。

韩灵重回深圳，发现一切都很陌生。火车站出口改了，公交路线也调整了，她在路牌下徘徊着、犹豫着，像丢了魂一样，一直没想好该往何处去，每路车都会有个终点，但她的终点又在哪里？

消息是周振兴告诉她的，那时肖然已经死了二十六天。据说葬礼很隆重，送葬的车来了一百多辆；据说各大报纸都发了讣告，很多人都写了悼念文章，还有人打算为他作传；据说追悼会的规格很高，许多重要人物都到场讲了话。该说的都说完了，韩灵哦了一声，挂上电话，慢慢地坐在沙发上，心想："他就这么死了。"然后下意识地去收拾东西，那时已经放暑假了，学校搞了一个收费的补习班，她下午还有一堂课。出门的时候总感觉忘了什么东西，怎么想也想不起来，就那么疑疑惑惑地走到了学校。上课上到一半，有个家长站在门口敲门，说找他女儿，韩灵微微笑着，看他们父女亲亲热热地说话，心里像被什么猛地撞了一下，轰地响了一声。她呆了一会儿，转过身继续板书，抄李白的《早发白帝城》：朝辞白帝彩云间，千里江陵一日还。两岸猿声啼——"啼"字写错了，拿指头蹭掉，突然间，清清清楚楚地听见有人说："抱着你，就像抱着自己的小女儿。"韩灵一愣，手里的粉笔啪地断成两截，她急忙转身，没有人，但那句话听得那么清楚，就像真的一样。心里突然疼起来，开始是隐隐的、细线一样的疼；她不在意，继续讲课，那疼痛却不知不觉地越来越重，越来越深，最后铺天盖地涌了出来，疼得她一身都在发抖，学生们好奇地望着她，韩灵手扶讲台，感觉身子又冷又热，胸口有一把大锤一直在不停地敲，耳边轰轰鸣响，心里的血四散地流，她腰都站不直了，嘶哑着嗓子说："同学们，老师……老师有点不舒服，大家自习吧。"说完拔腿就往外跑，一边跑一边想："我要回去！我要回去看看他！"

晚上回家收拾东西，慢慢地，一切都想起来了。是的，一切都想起来了，过去那么多年，每一个场景、每一句话、每一个表情，都看得那么清楚、那么真切。每一个肖然，二十岁的、二十一岁的、二十八岁的，都来到了面前，微笑着、烦恼着、像个孩子一样来到了她面前。摸摸他的脸吧，摸摸他的手吧，摸摸他的胳膊吧，那上面还有你留下的伤，韩灵想："他从来没骂过你，是的，没骂过；他从来没打过你，是的，没打过；他从来都那么疼你，是的，是的，他一直都那么疼我！他一直都那么疼我！他做的一切都是可以原谅的，但是，他死了，他死了！"

到火车站，售票员说没有座位了，要不要？韩灵大声回答："要！站票也要！"挤吧，你们都来挤吧，就这么挤到了北京，北京是伤心之地，那年在这里送他去深圳，他说什么了？"别哭，亲爱的，我们会在一起的，永远在一起！"我们会在一起的，韩灵想："我听你的话，我不哭，一定不哭，但是，你为什么就这么死了？你怎么敢，就这么死了！"

从北京到广州，终于有了座位，二十四个小时的旅程，她一直没吃没喝，我不渴，我也不饿，韩灵想，想着你，我就不渴了，想着你，我就不饿了。对面的小两口正在亲亲热热地说着什么，他们是南下打工的吧，他们正在笑呢。小伙子笑着看了韩灵一眼，对他的女朋友说："深圳是个好地方。"是啊，好地方，第一次买了房子，他把你高高地抛了起来，也是这么说的，"深圳多好啊，"他说，"亲爱的，这是我们的天堂。"而现在呢，韩灵直直地看着那对情侣，心里慢慢地叫着那个名字，想亲爱的，现在哪里又是我们的天堂？

在广州下车，韩灵买了一张边防证。边防证八十元一张，不讲价，不讲价就不讲价吧，这钱是为他花的，不要说八十，就是八百也要买。韩灵从钱包里往外掏钱，突然想起一句话："我很穷，但是我很爱你。"这话是谁说的？她心里一酸，眼泪在眼眶里直打转。旁边有一个公用电话亭，很多人在那儿排队。你要打个电话吗？韩灵站进队伍里。1993 年也是在这里，你告诉他你到广州了，他是怎么说的？"就是天上下刀子，我也要去接你。"喂，到你了！后面的人催她，韩灵拿起电话，按了几个键，突然想起来那人已经不在了。他不在了，韩灵猛然醒了过来，扔下电话就往外走，泪水在眼眶里滚滚地转，她拼命憋着不让它流出来，心里想："你这个骗子，你不会来接我了！"

我想象着，你也在想象着。当那个女人像幽灵一样漂浮在人群的旷野，当星辰一日日东升西落，世间一如往昔，就像什么都没有发生过。生命不过是一场虚妄之旅，一个人死了，更多的人活了下来，但活着的人最终也要走向那个终点，就像夜风中那盏摇摇欲灭的灯，亮过了，挣扎过了，最终还是归于沉寂。而一切悲欢，一切或真或假的情感，都将在光阴之水中冲刷殆尽，消失无痕。卫媛说："遗体告别那天我去了，别人都哭，就我没哭，我总感觉他还没死，好像随时会坐起来对我说：'看，你又输了，我逗你玩呢。'"

卫媛最后一次见肖然，是她二十六岁的生日。在丰林酒店吃完饭后，两个人到酒吧坐了一会儿，那时还没到上客时间，酒吧里人影寥落，不远处有好几个衣冠楚楚的帅哥，在灯光下有一眼没一眼地瞟着他们。卫媛明知故问，说这些人是干什么的，肖然抽着烟不理她，卫媛假装生气，伸手掐了他一把，说："我问你话呢，你倒是说啊。"话刚说完，肖然一下子站了起来，招呼离他们最近的一个帅哥，说："你，过来！"那帅哥翩翩扭腰，像蝴蝶一样喷香地飞了过来，肖然仰仰下巴："这位女士问你是干什么的，你告诉她。"卫媛脸唰地红了，那帅哥倒很大方，嫣然一笑道："我呢，是这里的工作人员，专门帮客人排解忧愁来的。"一口纯正的台湾腔普通话，听得卫媛低头偷笑。肖然接着问："你，陪她上床，一晚上要多少钱？"这下轮到帅哥不好意思了，忸忸怩怩了半天，说："这个这个，蛮不好意思的啊，我们没这个服务项目。”肖然哼了一声，叫门口的赵宝刚:“把包拿过来，”然后掏出一摞百元美钞，说:“这是一万美元，你再跟我说一遍，你们没这个服务项目？！”帅哥眼都直了，看着那摞绿纸直吧嗒嘴，正想改口，卫媛早像根弹簧一样跳了起来，幽怨地发嗔：“肖然，你把我当什么了！”然后扭头就走，肖然不理她，挥挥手把帅哥轰走，自顾自地在那儿抽烟，脸上一点表情都没有。卫媛走了几步，看见他没动地方，又讪讪地走回来，说：“我警告你啊，以后不许跟我开这种玩笑。”肖然说：“谁跟你开玩笑，你今天把这鸭带回去，明天就给你买辆法拉利。”卫媛气鼓鼓地坐下，说十辆法拉利也不行。想一想又有点后悔，那可是法拉利啊，要搁平时，要最普通的保时捷他都不一定肯，再说那辆破丰田 MR2 她早就开烦了。合计了半天，想探探敌人的虚实，说我跟别的男人上床，你真的不生气？这时音乐声大作，酒吧里洒满缤纷光影，肖然眼里光芒一闪，像鹰一样直直地逼视着她，卫媛心虚了，左顾右盼地躲闪，看那光芒慢慢黯淡下来，就像一盏烧尽烧干的油灯。过了半天，他长叹一声，无精打采地告诉卫媛：“你走吧，真没意思。”

从那以后，她再也没见过他，每次打电话过去他都淡淡的，不亲热，也不客气，就像什么都没发生过。2002 年元旦前，工商局到她的美容院检查，说她超范围经营，要罚款、要封店，还声称要吊销执照，卫媛急得快哭了，向他求救，肖然嘿嘿一笑，说我倒有个办法，卫媛赶紧问什么办法，肖然静了一会儿，一字一句地说："你陪他们睡一觉，肯定就没事了。"卫媛气得大吼，说你以为我不敢啊，"我今天就睡给你看！"吼了两遍，再想说话时，电话里早就没了声音。

为这事卫媛一个月没给他打电话。她不找他，他永远也不会来找她，过了一个月，卫媛实在熬不住了，又拨通了他的手机，刚哭了第一声，就听见肖然叹气："唉，又是你输了，真没意思。"

钟曼琳事件上了报纸，港姐风波也闹得沸沸扬扬，卫媛看了听了，气得抓狂不已，恨不能揪过他来咬上两口，但拨过去才知道，这王八蛋换手机号码都不告诉她。卫媛又绝望又伤心，喝了一点酒，心里发狠，一路飙到丰林酒店，点名找到那个帅哥。原来也不用一万美元，一千人民币就能将之拿下。卫媛驾靓车，载美男，幽怨而归。衣服也脱了，子弹也上膛了，真要开枪时却突然难受起来，心想我这究竟是在干什么啊。心里正幽怨，忽然听见外面有轻轻的响动。她心里一跳，一把推开伏在她下身的帅哥，脚不点地地跑了出来，二楼客厅里没人，继续往下跑，看见房门大开，她追出去，心里乱糟糟的，不知道是什么滋味。刚转过楼角，电梯门已经轰然关上，透过最后一丝细细小小的缝隙，她清楚地看见了赵宝刚那木雕泥塑一般的脸。

三十三

当你走过，风会停，树会静，宿鸟纷纷飞起。乌云重重的黑夜，神秘的光从天而降，树叶摇动，纸片纷飞，水龙头突然打开，哗哗地流水，无人的楼道里，灯一盏盏地亮起来，久无人住的空房子里轻轻地传出声音，吵架声、呻吟声，一个女人长长地叹息，一个孩子咯咯地笑。是谁在角落里幽幽地哭泣？猫低鸣，狗狂吠，一台电视突然打开，画面浮现，声音响起，然而没有一个观者。

你又来了。寂静的夜里，你无声无息地走着，刘元忽然醒来，陈启明忽然醒来，韩灵和卫媛同时睁开眼睛。你静静地凝视他们，有时哭，有时笑，有时害怕地躲闪，但你早就忘了自己是谁。

你已经不属于这个世界，肖然。你要找的东西，活着的时候它离你很远，你死之后，它从来都没出现过。

上路吧，该上路了。一支烟不能抽到天亮，一只手抓不住所有的人。

那支烟还在燃烧，淡蓝色的烟雾轻轻浮起，越飘越淡，终于消失无踪。你轻轻地走出门，神秘的风吹起窗帘，你看着窗外的繁华街市，目光及处，每一盏灯都亮了起来。你走到电梯旁，电梯空空地打开，又空空地关上。你直落而下。你的车还停在那里，五厘米钢板，打不碎的玻璃，四百八十万的防弹奔驰。你坐进去，上路吧，不用等保镖了，他有自己的家。

你醉了。你知道自己醉了，要不然世界为什么转得这么厉害？有人叮嘱你小心开车。你笑了，为什么要小心？这么坚固的车，这么熟悉的路，再说，你刚杀了人。对，你杀了人，杀了一个、两个、三个、四个，杀了那么多，为什么要小心？

红灯。红灯是停车的意思，这个你知道，所以你又笑了。这是红荔路还是深南路？哪条路你都不怕，你不怕罚款，你有的是钱。你也不怕吊销驾照，谁敢吊销你的驾照？所以，闯过去吧，踩一下油门，闯过去。这是滨海大道吗，开快点，再快点，开到两百公里，为什么要小心？你什么都不怕。旁边有一辆破广本，陈启明开的就是破广本。陈启明靠过来了，你紧急转舵，直撞过去，逗逗他。陈启明怕了，哈哈哈，他撞到栏杆上了，这个陈启明，还是那么胆小，不敢跟你玩碰碰车，真没意思。

碰碰车？对，是碰碰车。八元钱一张门票，你买两张，要不要再买两罐可乐？算了吧，钱不多了。那是1990年吧，不，你记起来了，是1991年，你要毕业了，带韩灵去游乐场。上车吧上车吧，韩灵害怕了，她胆子真小，她胆子一直都那么小，你看着她，觉得很心疼，是吗？你喃喃自语："是的，我很心疼。"你转来转去地撞她，她要哭了。你停下车，抱着她，亲爱的，别哭，这只是个游戏。她还在哭，她还在哭，她哭得那么伤心，你更心疼了，紧紧地抱着她，安慰她，"抱着你，就像抱着自己的小女儿。"你不怕肉麻，因为这是爱情，不是别的，它是爱情。韩灵不哭了，她抱了你一下，害羞地跑开了，她脸红的样子真好看。是谁在远处叫你？

"肖然，肖然！"你有点糊涂了，转过头，大声问，"谁？谁是肖然？肖然在哪里？"

肖然正在路上。按照广东人的说法，那是一条永远走不完的路。他闯过三个红灯，撞坏两处栏杆，以两百公里的时速在滨海大道上狂奔，几次都差点儿跟人撞车。

他似乎已经疯了。他喝了不少酒，但根据交警的调查报告，这并不足以让他丧失理智，他赶走了赵宝刚，砸烂了"蓝猫"夜总会的镜子，尹虹送他出门时，他两眼血红，嘴里一直喃喃地念着："错了，错了，一切都错了……"

那个香港司机姓林，受命往蛇口码头送货，他一路都在注意那辆黑色奔驰。因为车很少，所以他一直占着超车道，奔驰很奇怪，开得歪歪扭扭的，一会儿在前，一会儿在后，像喝醉了的螃蟹。有一段时间它已经超了过去，快得连影都看不到。经过红树林时，林司机往外瞟了一眼，看见它就停在马路中央，开车的家伙蹲在地上，嘴里嗷嗷地叫，不知道在干什么。林司机没在意，踩着油门冲了过去，没到十分钟，它就飞快地追了上来。林司机感觉不对，看了一眼后视镜，那辆奔驰正直冲而来，速度快得像离弦之箭，眼看就要撞上了，他赶紧转舵避让，刚偏过车头，就听见轰的一声巨响。

“就像地震了一样，”林司机说，“车身一抖，我就知道完了。”

你驾车疾冲，这世界是你的，所以你可以横行。他们都怕你，一见你就要躲开，你没有朋友，没有爱人，什么都没有。他们都怕你，你骗钱，你杀人，你滥嫖滥赌，你甚至还吸毒，你发誓永不碰这个的。你抽大麻、吸白粉、注射最高纯度的针剂，迷醉的时候你总是看见从前，醒来后恨不能马上去死。你为什么不死？你为什么不死？你还挂念什么？留恋什么？犹豫什么？这个虚伪邪恶的世界，最老实的人都会说谎，最坚贞的人都会偷情，你不要他们，不要他们，他们也不要你，他们都在笑你，听啊，满世界都是疯狂的笑声，阴险的、邪恶的、疯狂的笑声！你恶心了，停下车，蹲在路边哇哇地吐，好像整个世界都吐空了。空荡荡的世界，一切都那么可恨。这是什么地方？啊，美丽的红树林，站在海边可以看到香港，站在海边看不到未来。你想起了那年的誓言：“你死了，我陪着！”那个烫伤还在，就在你的掌心，你摸着它，它疼得钻心，你为什么不死？还有胳膊上的牙印，你摸摸它吧，摸摸它吧，你哭了，你哭着想：我为什么不死？你吐完了，整个世界都那么轻，心里空得搁不下一粒尘埃，你问自己：我为什么不死？

你驾车疾冲，世界那么轻，它是你的，所以你可以横行。前面有一辆加长货车，你拼命按动喇叭，它不给你让路，它欺负你。连一辆货车都要欺负你，你杀了它吧，反正你已经杀过那么多了，你杀过一对夫妻，杀过两个欠你钱的人，对了，你想起来了，你还杀过四个孩子，你自己的孩子，你杀了自己的孩子，你罪恶滔天，罪该万死，人人诅咒你，恶棍，你为什么不死？

“他大睁着眼看我，”林司机说，“眼睛像血那么红。我本来想骂他的，走到近前，却什么也骂不出来了。他一动不动地看着我，四周静悄悄的，静得让人害怕，我突然害怕起来，浑身发抖，这时他嘴唇动了两下，我凑过去，发现他在哭。”他打了个冷战，慢慢地说，“他脸上都是泪，原来他……他一直在哭。”

那个死者在哭。在无人知道的凌晨三点，他泪流满面地说出了他的遗言：“杀，杀，杀……”

你醒了。在凌晨三点的深圳，你终于醒了。你的腰断了，腿断了，到处都在流血，你就要死了。多疼啊，不是腰上的、腿上的、身上的疼，而是心里的，像刀扎、像斧砍、像针刺火烧一般的疼，一生中的每个人，每件事，每个喜怒忧乐的表情，都涌了出来，从最深的灵魂之井里咕嘟咕嘟地涌了出来，冒着热气，泛着泡沫，像血一样涌到眼前，一切平凡的都如此深刻，一切遗忘的都如此清晰，一切微不足道的都重若千钧，你浑身战栗，灵魂摇摇欲飞，用尽全身力气大喊："啊——"

这是凌晨三点钟的深圳，寂静的夜里，每个人都听见了那声凄厉的呼喊："啊——"

刘元醒了。

陈启明醒了。

卫媛和韩灵醒了。

所有人同时睁开了眼睛。

毕竟还是要留恋的，是吗？那些被风吹乱的头发，那些曾经飞舞的衣衫，谁的歌声经久不散？谁的笑容照得天地通明？谁让你一生惦念、一生怀疑、一生忠诚？谁抓住了你将死的心，牢牢不肯放手？你抬起胳膊，它那么重，像泰山一样重，你已经没有力气了，还是坚持着，拼命地往上抬，抬，抬，看见了吗？它们还在那里，一个，两个，三个，四个，殷红如血，灿烂如花，这是你这一生唯一的财产，谁也不能夺走。你要亲它们吗？你低下头，拼命地低下头，但你已经没有力气了，你想：

太远了，太……远……了……

“相信我。”他说。

她唔唔地呻吟，忽然在他胳膊上用力咬了一口。他腾地跳开，喘着粗气说：“出血了。”

“给你一个血的教训，这样你就不会忘了我。”她得意扬扬地说。

那年他二十一岁。在那时，生活原本有无数种可能。

（全文完）